講談社文庫

虎のたましい人魚の涙

くどうれいん

講談社

もくじ

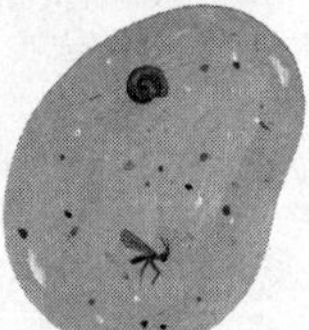

虎のたましい人魚の涙

くどうれいん

目分量の日々

きちんと「はかる」ということが二十五歳になっても全然できない。料理をするときも大匙《おおさじ》を使わないし、大丈夫だろうと思って買った洋服は袖がびろびろだし、三十分かかると思っていることは二時間かかる。入るだろうと持ってきた鞄には到底入りきらずエコバッグを買ったり、旅先で「この場所までこんなに遠いと思わなかった！」と座り込んでしまうようなことがいままでに何度あっただろう。その時々で自分に呆れたり呆れられたりしながらどんぶり勘定でずいずい押し通してここまで生きてきた。

わたしのおおざっぱぶりは、おおよそふたりの祖母から受け継いだような気がしている。死んでしまった母方の祖母、きみちゃんはとにかく恰幅が良く適当でおおざっぱで、とても部屋が散らかっていた。母に「ちゃんと片づけて」と叱られても、ホイホイ、ホイのすけ！　などとおどけて言いながら重い腰を全然上げないようなところがあった。生きている父方の祖母、のぶちゃんは大鍋でどっかり料理をするのが得意な人で、レシピを聞いても「人参、高野豆腐、姫竹、しいたけ、焼き豆腐、鶏肉、ごんぼ（牛蒡）、あぶらげをさばっと！　砂糖をだかだかっと、醤油だばっと、酒はとぷぷっと、あとは味みてすき焼きのたれをたたたっ！　よ」という具合だった。言われた通りやってみてもなかなか祖母の味にはならず、そう告げると「だーりゃ、味みて、あとはいいあんべ（塩梅）にすればいかべじゃ」とのぶちゃんは笑った。その、いいあんべってのが難しいんじゃないか。いずれにせよわたしは、がはは、としたきみちゃんと、いいあんべののぶちゃんの孫として、すくすくと育ってきたわけだ。

ところでわたしはシュークリームを作ったことが三度ある。小学校五年生ごろだったろうか。はじめて付き合った男の子がカスタードクリームを好きで、シュークリームも大好きだったのである。わたしは調べた。シュークリームを焼くためにはトースターではいけないのだと知り、滅多にねだらない子供だったのをいいことに一生のお願いを使って、誕生日とクリスマスのプレゼントがなくてもいいから！　と電子レンジ機能も付いたとても良いオーブンを買ってもらった。オーブンには付属のレシピがついていた。わたしはそのレシピにぎっちりと折り目をつけてシュークリームのページを開いた。シュークリームは、というかお菓子全般に言えることだが、製菓というものには非常に正確な計測や順序を守ることが求められる。シュー生地を作るための分量は無塩バター四十グラム、塩少々、薄力粉六十グラム、水六十ミリリットル、卵二個。六十グラムの薄力粉をはかるためにはかりに薄い紙を敷いて、その上に薄力粉をさらさら落とす。三十、五十五、ときて、ちょっと薄力粉の袋を傾けすぎると六十八グラムになる。ぐ。面倒だ。のぶちゃんなら「そのくらいなんともねかべじゃ」と言いそうな誤差だが、ティースプーンで袋に戻して六十グラムにする。無塩バターと塩、水六十ミリリットルを小鍋に入れる。えっ。折角無塩バターをわざわざ買ったのに、塩を入れるのかよ！　きみちゃんなら「そったなもん、マーガリンでもいかべ」と言いそうなことだ。そうして火にかけてとろとろにして、薄力粉と卵を加え、生地につやが出るようによく混ぜ合わせて、絞り袋に入れて絞り、霧吹きで水分を与えてようやくオーブンに入れる。オーブンの庫内がオレンジ色に光るのをわくわく覗き見ながら、やれやれ、と思う。大変だなあお菓子って。買って食べた方がらくちんでおいしいわ。そうして三十分ほどしてオーブンの扉を開けると、そこに鎮座していたのはたまご色をした、へなちょこで平べったい物体だった。何をどう間違ったのか、全く膨らんでいなかったのだ。げえ、と声が出た。つついても焼き直しても膨らみそうにない。様子を窺いに来た父がシュークリームになるはずだったそれを見つけたけた笑ったのでけたけ、本気で腹が立って泣きながら怒った。中に入れる予定だったカスタード
クリームはもう作り終えていたのに。続けてもう一度作るげんきはぜんぜんなくなっ
ていた。カスタードクリームは翌朝食パンに塗って家族みんなで食べた。「カスター
ドはおいしいのに、残念だったねえ」と母が気を遣って言ってくれたのが余計に悔し
くてまた泣いた。しかもカスタードはコーンスターチをきちんとふるいにかけなかっ
たのでダマがあってまずかった。
　その後も、本当にまれにとても時間が余っており、無性に手の込んだことがしたく
なった日にもう二回チャレンジした。高校時代と大学時代に一度ずつだったと思う。
その二回とも同じようなたまご色の物体を作り出すだけだった。三度目はさすがに少
しだけ膨らんだが、いわゆるシュークリームらしい形には程遠かった。ちゃんとはか
ったところで何にもいいことないな、と思った。わたしの目分量人生のきっかけのよ
うな出来事だ。
　仙台で暮らしていた大学時代、百貨店のサラダやさんのオープニングスタッフのア
ルバイトをすることになった。それはわたしにとって人生初のアルバイトだった。コ
ロッケが売れるよ、と言われたので、『こまったさん』のようでなんだかかわいいか

もしれない、と直感で応募したが、実際の商品はほとんどサラダだった。そのサラダやさんでは大皿に煌《きら》びやかなサラダが山盛りになっていて、大中小の透明なプラスチックケースにスタッフがトングで盛り付け、十グラム単位ではかり売りをするというものだった。こんなにはかるのが苦手なわたしが！　と慄《おのの》いたが、決まった具材を決まった数入れればだいたい決まったくらいの重さになるから大丈夫、と店長は言った。たしかに、アボカド、海老、ローストビーフ、チェリーモッツァレラ、フルーツトマト、あじのマリネ、など、商品名に名前が入るような目玉の具材はそれ単体で結構重く、ある程度経験を積めばそんなに難しいことではなかった。五グラムくらいの誤差であればそのまま会計をしてよいことも多く助かった。わたしはおいしい食べ物を眺めるのが好きだったので、そのアルバイトをとても気に入った。百グラムで五百円くらいするようなサラダを買いに来るお客様は品のいいお年を召した女性が多かった。なかでも良く来るお客様が何人かいて、ポテトサラダからポテトを抜きたがるおじいさんと、どうしてもアボカドをもう一つ増やしたい中年女性と、一キロ単位で買っていく秘書のような男性と、いつも真っ赤なライダースジャケットを着てサングラスをかけたかっこいい高齢女性がいた。

春の終わりごろだった。ライダースの高齢女性は決まっていつもポテトサラダを百グラムと、いかのサラダを二百グラムと、野菜たっぷりのサラダを二百グラム頼む人だったので、その日も同じものをせっせと盛った。その日はたまたま、ポテトサラダが百グラムぴったり、いかのサラダが二百グラムぴったりと続いた。

「すごいじゃないあなた、リーチよ」

と、ライダースの高齢女性は初めてわたしの前でサングラスを外して無邪気な顔を見せた。ほんとですね、よおし、最後の二百グラム頑張ります！　と笑うと隣で順番を待っていたご婦人もにこにこしながらこちらを見た。最後の野菜たっぷりサラダを思い切りよくのせ、少し減らし、トング三往復ほどでぴんときて「これでどうでしょう！」とはかりのうえに載せる。——二百三十八グラム。圧倒的にオーバーだった。ライダースの高齢女性は、

「ハッハー！　ざんねん、みんなの期待の分重くなったわ」

と手を叩いて喜び、二百三十八グラムのまま購入してくださった。その、みんなの期待の分重くなった、というのが面白くいまでも忘れられずにいる。ライダースの高齢女性は長年の常連だと聞いていたが夏にはぱたりと来なくなってしまった。そしてその冬、わたしはだれも信用できなくなって部屋から一歩も出られなくなり、店長にもだれにも連絡せず無言でサラダやさんのアルバイトを辞めた。

本当はだれかのきもちを推し量ることがいちばん苦手だ。悩んでいる人にも、その一歩先の言葉を促すような寄り添った声をかけることができない。「やめちゃえば？」とか「いらないんじゃない？」とかついつい当てずっぽうで断定的なことを言ってしまう。妙なことに、その当てずっぽうがずばりとこころに刺さったとか言われてしまって、さすがだ、潔い、ポジティブだなどと褒められながら困った顔をし続けている。わたしはよくはかりかたを間違ってとても嫌われてしまったり、目の前からいなくなってしまったりする。仲良くしたい人ほどはかろうとしてしまいそういう悲しいすれ違いをする。結局最後までわたしの何がその人を傷つけたり怒らせたりしたのかわからないこともある。

「みんなの期待の分重くなったわ」赤いライダースの高齢女性がサングラスを外す。わたしは期待の分だけ重たくなってしまう。しっかりはかることができないから、その場の勢いで目分量をするしかないのだ。それなのに人は目分量をベテランの証であり、なかなか真似できないと言う。みんなと同じはかりを上手く使える人の方が、わたしにはよっぽど羨《うらや》ましい。たしかに目分量の日々はふらりとしてとても気楽で、自由だ。しかし、ときどきとてもさみしい。

ショーケースの輝くはかり売りのサラダやさんの前を通るたび、いまでも縮こまる思いがする。はかるのが苦手なわたしはきょうも目分量の日々を過ごしている。

鶺鴒の日

小走りすればなんでも間に合うと思っている。小走りするとだいたいのことは三分短縮できるから、五分前に家を出ようとしていてもまあこちらには小走り分の三分の余裕がありますのでとコーヒーを飲み出したりしてうっかり家を出る予定を五分も過ぎてしまう。小走りでちゃかちゃか向かって結局二分遅れて到着する。わたしは平日営業部のサラリーマンをしているので、お客様との約束は必ず五分前に着くようにドキドキしながらほぼ毎日社用車を運転している。社用車は社員の役職に合わせてなんとなく出世魚のように用意されていて、常務はプリウス、部長はノート、次長はパッソで、わたしがよく乗る社用車はたくさん走った古くて白いミラである。このミラは時刻表示が七分早い。げ、こんな時間！　と思っても、実際はそんな時間ではないのだ。しかしそのおかげでわたしは騙されて七分早く行動できるのでミラに乗っていれば時間通りにお客様のところへ着くことができる。この時計とわたしはとても相性がいい。わたしが使うすべての時計が、わたしだけに七分早い時刻を表示してはくれないものだろうか。

「玲音ちょっと、あんた鶺鴒《せきれい》みたいだわ」

と、わたしがコピー機から自分のデスクに戻るのを見たアッコさんは笑った。アッコさんは有り体に言ってしまうとお局と言われる立ち位置にいる事務の女性だが、趣味がそれなりに合うので気さくに話をする仲だ。アッコさんのデスクはわたしの四メートルくらい離れた真後ろに位置している。わたしは椅子をきゅる、と回して振り向く。

「何がですか」

「いるでしょ、鶺鴒って白と黒の、駐車場にテテテテテーって」

「小鳥みたいで可愛いってことですか」

「いや玲音ってさ常に走ってるでしょ。急いでいるときも走ってるけど、急いでいないときもぱたぱた走ってて。さっきもさ。あわててないときは走らずに歩いたらいいのに。似てるなあと思って可笑しくてさ。ま、可愛いって言いたかったのよ」

「ばかにしてら」

「あわてない、走らない」

「心がけてみます」と応えてしばし考える。わたしはそんなにせかせかしているだろうか。せかせかしていたら人との待ち合わせには遅れないような気もする。気を取り直して上司の机に書類を持って行こうとして、ぱたたたたた。おわ、ほんとだ、走っているぞわたし。そうか走っていたのかわたし。

ササキというひょろ長い男性の新卒が入社した。うちの会社は一癖ある人間をよろこんで採用するところがあるのだが、ササキは特撮とバイクと落語が好きで最近カポエイラというダンスのようなブラジルの武術を習い始めたらしい。コロナの影響で歓迎会もできなかったので、県境を跨ぐ移動の制限が解除されてすぐササキともうひとりの同僚と広い居酒屋へ行った。居酒屋は閑散としていた。仕事の話をそこそこに好きなラジオ番組の話や嫌いな食べ物の話をしているうちに時間はあっという間に過ぎた。そういえば玲音さん時間、と言われて驚いて立ち上がり急いで会計を頼む。この店を出なければいけない時間をちょうど七分過ぎていた。まったくもうどうしてわたしが使うすべての時計は、わたしだけに七分早い時刻を表示してくれないのだろうか！　すると同じ駅へ向かうササキも立ち上がった。

「走りましょう」

とササキはやけに嬉々として言った。いいじゃないすか青春っぽくて、と店を出て反対方向へ帰る同僚はちょっとばかにしたようにわたしとササキに手を振った。普段なら歩いて十五分ほどの距離だったが、発車までのこり九分で切符も買わなければいけない。しかし、わたしの乗るいわて銀河鉄道の下り線はこれを逃すと次は一時間後。走って間に合わず駅で待ちぼうけするより、潔くもう一杯飲んだ方が、とも思ったがササキは既に走り出していた。小走りよりも早く、全力疾走よりも冷静を装ってわたしとササキは走った。わたしは必死でササキの足軽のようなほっほっほっほっとした走りの後を追った。酔いが回って頭がぐらぐらするし、いつも以上にすぐ息が上がる。鞄も重く、身体も重く、わたしはなんとかササキについていかなければと顔をむりむり前に出して、顔で身体を引っ張るようにしてもたもた走った。

「カポエイラで鍛えた体力をみてくださいよ！」

とササキは走りながら振り向いて言った。ササキのひょろっとした足取りはたしかに笑ってしまうほど軽やかだった。あほか。てかなんでカポエイラ。どこで習えんのカポエイラ。てか仮にも女性の先輩が酔った状態でワンピースでヒールのある靴で走ってるんだからちょっとは。てか、てか！

「雨降ってきたじゃん！」

「だから走った方が濡れないっすよ！」

わたし達は金曜の夜、降り出した雨に濡れながら盛岡駅まで走った。ねばついた唾液を飲み込み、重い足を上げ、こんなに走るのはいつぶりだろう。息が上がるのが恥ずかしい。走るササキと恥じらいながらあとを追うわたし。何してるんだろう、いやもうすぐ発車する電車に乗りたいのだ。地下道をくぐれば改札。あと二分。地下道から抜ける階段に太ももが上がらない。ぐわーと言いながらなんとか昇りきる。よし！　もう間に合いますかね。わかんない。じゃ、今日はありがとうございました！　ササキが手を振って左に駆けていく。おやすみ！　と短く叫び返して右へ曲がり改札への角を抜けると銀河鉄道はいますぐにでも発車しそうで、切符を買うわたしを見て普段は切符に判子をつくおじさんが「いいからそのまま乗って！」と叫ぶ。「はい！」と言って飛び乗る。飛び乗ったのと同時にドアが閉まり、発車した。間に合った。膝に手を置きぜえはあ言うわたしを、塾帰りらしい高校生が冷ややかな目で見て、また古文の単語帳に目を落とす。

終電一本前の電車はやけに空いている。よろよろと歩いて四人がけのボックス席の椅子にひとりで座り、息を整えながらまっ暗い窓の外を眺める。肩と前髪がじっとりと濡れてきもちが悪い。それなのに走り終えた疲労感が妙に心地よく、マスクの中ではにかんでしまう。今回は流石《さすが》に間に合わなくてもおかしくなかった。へばりつく前髪を整えながら思う。わたしは間に合ったときのことしか覚えていないのかもしれない。間に合わなかったこともこれまでいくらでもあったのだ。夜の雨をくぐり抜ける銀河鉄道に揺られながら、わたしは何もかも間に合わなかったずぶ濡れの日々のことを思い出していた。

二十一歳のとき、就職活動を完全に舐めていたわたしは、様々な会社に落ちた。ばかにしていた同級生たちがどんどん大企業からの内定を得る八月に、印刷会社の企画編集職を受けた。そんなに知らない会社だったがとにかく受かればなんでも良かった。どうにか漕ぎ着けた最終面接で趣味・特技を問われたわたしは「俳句や短歌やエッセイを書いていて、自費出版で小さな本を出しました。書くことは生涯続けたいです」と答えた。するといちばん真ん中で踏ん反り返っていた男性に「ライターにでもなりたいんですか？　それとも作家先生？」とばかにしたように言われたのだ。八人の面接相手は全員五十代以上の男性で、その言葉につられて笑っていた。続けて「どうせ結婚してさっさとやめるつもりなんじゃないの？」ときた。びっくりした。わたしはあくまで趣味を答えただけなのに。文芸をやることがそんなに鼻についてそんなに高尚か。働く女がそんなに気に入らないか。本当はその場でばーか！と叫んで、パンプスでドアを蹴って退出してやりたかったができなかった。就職に焦るのが遅すぎたのだとわかっていた。わたしはどこにも就職できないかもしれない。でも、どうして、こんなこと言われてまで働きたくない。しかしお金が稼げなかったらのたれ死んでしまうのだろうか。帰路の途中で夕立が来た。国道は白くぼやけ、走る車のワイパーの速度が追いつかないほどの雨だった。傘は持っていなかった。一人暮らしの部屋まで傘をささずにゆっくり歩いて帰った。前髪から滴る雨水。下着までずっしりと濡れてくるのがわかる。どうにでもなれと思った。マンションに着く。一階の駐車場に車が一台も停まっておらず、その地面だけがからっと乾いていた。そこでわたしは自撮りをした。ポケットから出した濡れたiPhoneを無理やり操作しながら目つきの悪い自撮りをした。そこに一羽の鶺鴒がいて、とととととと、と小走りをしている。その日わたしは鶺鴒をきらいだと思った。羽があるなら飛べばいいのに。わたしがいても怖くないようで、足元まで来てまた折り返して、意味のなさそうな往来を鶺鴒はなんども繰り返す。わたしはもう一度iPhoneを取り出し、自撮りに鶺鴒を写り込ませた。シャッター音に驚いて、鶺鴒は雨の中へ飛び立った。

じゃがりこ心拍数

バスのいちばん後ろの席の、座席が長くなっているのが好きだ。わたしはその座席のいちばんはじっこに座り、じゃがりこのり塩ごま油味Lサイズを食べていた。乗客はわたしを入れて四人のみ。それもわたし以外全員は前方に席を取っている。なるべく音を立てないようにじゃがりこのり塩ごま油味Lサイズを食べながら、わたしは死のことを考えていた。

二〇一五年の三月、東京都港区の21_21 DESIGN SIGHTで行われていた「単位展」を見に行った。わたしは当時大学生で、お金はないが時間があった。隙さえあれば仙台から深夜バスでのっこらのっこら東京へ行き、友人宅で二、三泊してまた深夜バスで仙台へ帰った。でっかい建物のでっかい吹き抜けや、でっかい階段を見るのが好きなのだ。だから美術展が好きだ。そして、東京には会いたい人がとてもたくさんいる。東京へ行くたびに数時間おきに違う人とお茶したりご飯を食べたりまたお茶したりする。東京にいる様子をSNSにのせると「え！　東京いるなら会えない？」とさまざま連絡が来るので、今回は一日にひとりとしか会わんぞと決めていても結局二泊三日で八人くらいのともだちと代わる代わる会うことになるのだった。コグニティブデザイナーの菅俊一さんに興味があったので、「単位展」は前々から行きたいと思っていた。たまたまその開催期間である三月に短歌のイベントが重なったので迷わず東京行の夜行バスを取り、よかったら「単位展」一緒に見に行きましょうとのどかを誘った。五分も経たずして「いいですよ」と返事が来た。のどかとは高校時代に俳句をきっかけに知り合ったけれど、俳句以外の方がうまがあう、とても好きな年下の女の子だった。

のどかとは青山で待ち合わせて、表参道のスパイラルで昼食をとった。大学進学と同時に岩手から上京したばかりののどかに「一人暮らしはどう？」と尋ねるとのほほんと「東京はねえ、結構たのしーかも」と言うのでわたしは勝手にほっとして、同時にちょっと嫉妬した。負けじと「仙台もたのしーよ」と言った。まだそんなに仙台に詳しくなかったのに。わたしたちはへえとかふうんとか言いながらうすくてかたい鶏のカツレツを食べた。

　覚悟していた通り、単位展は非常に混んでいた。ひらがなを物体にして重さを比較したり、距離によって自分の姿が映った画面の解像度が変わる展示だったりと写真に収めるのも楽しい展示だったので、大学生がたくさんいてちょっといやだった。いやだった、と言いつつ紛れもなく我々もその大学生のうちのひとりである。わたしとのどかはおたがいを撮りあって楽しんだ。単位展の展示の一つに「命の単位　ゾウ・ヒト・ネズミの鼓動」という展示があった。象・人間・ねずみの鼓動の速さを可視化した展示で、プロジェクターから映し出される三分割された映像は、それぞれの体感時間の速さをまざまざと表現していた。象のピザはゆっくり減り、ねずみのピザはあっというまになくなってしまう。象の砂時計がほんの少しだけ落ちる間に、ねずみの砂時計は三度も落ちきってしまう。個室に籠る鼓動の音に臨場感があるうえ、その振動に振動デバイスが同期しており、目と耳と振動で心拍数の差が体感できる展示だった。様々な動物の命を体感するのが目的のその映像は決してシリアスではなくわかりやすくシンプルな映像でまとめられていたが、音響の臨場感もありしばらくどきどきして立ち尽くしてしまう。早送りになって、すごい速さでジュースを飲みピザを食べあっという間に老いて自分が死ぬところを想像する。隣ののどかと目が合うと、のどかは「象って心臓もでっかいんだね」と言う。そうだね。わたしはちょっとほっとして、パンフレットをきゅっと握ったまま展示室を出た。

仙台へ戻ってからも、しばらくの間はシャワーを浴びているときなどにその展示の地面を揺らすような鼓動のことを思い出した。狂ったように素早く回るねずみの時計の針、あっという間に落ちてしまう砂時計の砂。わたしは髪を乾かしながら実家の飼い犬のことが少し心配になって、インターネットで調べてみた。すると「哺乳類の一生の間の心拍数は十五億回」と出てきた。だいたいの動物は寿命になるまでの心拍数が決まっていて、それが十五億回だというのである。狼狽《うろた》えてページを検索画面に戻すと、その十五億回が本当だとかうそだとかいう記事もどんどん出てきた。諸説あるってことはうそだな、と自分を安心させる。それでも、しばらくの間は実家に帰って飼い犬の顔を見るたびに（十五億回）と思った。散歩終わりの飼い犬が満面の笑みで舌をべろべろ出しながらはっはっはっはっはっはっはっは、と言っているのを見て、思わず駆け寄って抱きしめた。（落ち着いて、おねがいだからゆっくり呼吸してね。早死にしちゃうから）と念じた。飼い犬は抱きしめられながらなおも笑顔で、はっはっはっはっはっはっはっはっはっはっはっはと言っていた。

飼い犬が我が家に来てから十年が経とうとしている。わたしは大学を卒業し、就職して盛岡の実家に帰ってきたが、実家に住むことの喜びのひとつに「毎日飼い犬を揉むことができる」というものがある。抱き寄せ、老いのせいでほんの少しだけ目が濁ってきた飼い犬の顔を両手で挟みながら（死なないでくださいね）と念じる。すると犬は遊んでくれるものと勘違いしてまたはっはっはっはっはっはっはっはっはと言いはじめる。

最近はバスで帰宅している。盛岡バスセンターからバスに乗り、実家の最寄のバス停に到着するまでだいたい四十五分くらい。そんなにかかるなら電車乗りなよ、車買いなよ、とよく言われるが、わたしはバスでゆっくり移動するのが好きだ。速すぎる移動手段ではきもちが追い付かないときがある。バス停にいちいち停車しながら岩手山に夕陽が沈んでいくのを眺めているうちに、会社員のわたしからたったひとりのわたしへとグラデーションのようにきもちが傾いていく。電車は周りの人の会話が耳に入ってきて疲れるけれど、わたしの住む田んぼだらけの方へ帰る人はそんなに多くないしバスはみんな同じ方向を向いて座るので静かでいい。特に雨上がりで蒸し暑いこの日、わたしは静かに帰りたかった。些細なこと、と言われるようなことだったかもしれないが、わたしは仕事で相手に対して失礼なことを言ってしまった可能性があり、それを悔やんでいた。傷付けられるよりも傷付けることの方がじんわりと落ち込む。それが無意識で引き起こしてしまったことだとなおのこと。なんてことを言ってしまったのだろう。なんて失礼な思想を抱えていたのだろう。実際、相手は全く気にしていないようだった。いちいち気にしていられないくらい、わたしと同じような失礼なことを言われ慣れているのだろうと思った。わたしは自分を恥じた。煙草をばかばか吸い、ビールをだばだばと飲んでしまいたい気持ちになったが、そういう逃避に向かいたい衝動に駆られる自分がまた恥ずかしかった。バスで帰宅する四十五分間を懺悔《ざんげ》に使おう。それでも、ぎりぎりまでやけになって何かを食べたい欲求が抜けず、盛岡駅のニューデイズで折衷案として手に取ったのがじゃがりこのり塩ごま油味Lサイズだった。わたしはお菓子の中でいちばんじゃがりこが好きなのだ。

バスのいちばん後ろのいちばん長い席で、盗人のようにきょろきょろしながらじゃがりこを食べる。よりによってなぜLサイズを買ってしまったのだろう。ひと口に入りきらないからどうしても「ごり」と嚙み砕かないといけない。前に座る乗客が振り向かないように、「ごり」が「ご、る、り、」となるように嚙んでじゃがりこを口へ運んだ。わたしはじゃがりこをゆっくり嚙みしめながら、今日のわたしのふるまいを懺悔した。〈とまります〉のボタンが一斉に赤く光るのが自分に対する警告のように思えた。長い赤信号で停車するバスは古いからなのか、どるん、どるん、どるん、と鳴くようにして揺れた。そのとき唐突に「命の単位　ゾウ・ヒト・ネズミの鼓動」の象の鼓動の振動がからだを貫くように思い出された。自分の鼓動が大きく聞こえる。いま、わたしのこの心拍数は何回目だろう。数えるうちにも止まることなく一拍ずつ死に向かってカウントが続いている。ああ、わたしもいつかは死ぬのだ。こうしてじゃがりこを食べるのも早送りの走馬灯になって、死ぬのだ。だとすると、死ぬまでにわたしはあと何本のじゃがりこを食べることができるのだろう。いや待て。十五億回の総心拍数が寿命だというのがうそでも、人はそれぞれ死ぬまでに食べるじゃがりこの本数が決まっているのではないだろうか。わたしたちはそうとも知らずに間抜けな顔でごりごりとじゃがりこを食べているのではなかろうか！　わたしが死ぬまでの総じゃがりこ数は何本くらいだろうか。四千本くらい？　多いかな。じゃがりこを握ったまま考えることに集中して、女子高生がふたり乗り込んできたことに気が付くのが遅れた。慌ててじゃがりこを鞄に隠すが、のり塩ごま油味の香ばしいにおいまでは隠しきれなかった。女子高生たちはわたしと目を合わせないように斜め前の席に座り、小さな声で「じゃがりこ食ってる」と言った。

歌の丘

声が、出ないのだった。歌声にしようとすると喉のあたりで音が止まってしまって、そこから先まで出て行かない。力むと音程を外してしまいそうでなおのこと声を出すのがこわくなり、そうするとますます硬直してしまう。耳が軟骨の芯から熱くなっていくのがわかる。るー、と、口蓋の奥からか細い音を出しながら、その音を大きくするイメージで息を吐こうとしても、相手に届きそうなくらいの音程になるところでまた閊《つか》えてしまう。

「ねえ、玲音。さっきわかるって言ったっけじゃん。ほらもう、ねええ。私思い出せないんだって、めっちゃいらいらする、教えて、間違っててもいいから歌ってみてよ」

「ええと、なんだったっけ、ど忘れ」

「うそつけ」

わたしは顔まで赤くなってくるのを感じながら何とかやり過ごそうとした。高校時代の夏のことだ。放課後の教室でマキは頭を掻きむしり「ガリガリ君のCMソングが思い出せない」と言った。思い出せないの？　とばかにすると、思い出せないからいまここで口ずさんでくれないか、とマキは言った。こんなになんてことないのに、テストでも、コンクールでもないのに。わたしは恥ずかしくて歌えなかった。するとたまたまうちのクラスを通りかかった竹中が教室に入ってきてマキを茶化した。

「マッキぃ、どした？　なに苦しんでんの、出産？」

「んあー、どうしても思い出せないんだよ」

「なに」

「ガリガリ君のCMソング」

ぶわーはっはっは。くだんなっ。竹中はでかい声で笑った。大きい声、ではなく、でかい声、というのがぴったりくるような芯の太い声だった。竹中は学年の女子の中でも一二を争うほどに声がでかい。一組の教室で笑った声でも、八組のひとが「竹中が笑ってんな」とわかるくらい。

「ガーリガーリーくんっガーリガーリーくんっガーリガーリーくぅーんっ！」

竹中は歌いながら教室を出て行った。「うわーっ思い出したそれだーっ」とマキは叫んだ。おなじ教室で勉強をしていた静かな男子が振り返りわたしたちを一瞥する。マキも学年の女子の中で五本の指に入るくらいには声がでかかった。思い出してよかったね、と言いながら、また。と思った。また、歌えなかった。

わたしは中学生の時から二十歳になるまで、人前で歌えなかった。カラオケも本当に仲の良い人としか行かず、行ってもなるべくマイクは持たなかった。路上の歌手のことも本当に苦手で、上手い下手にかかわらず聞いていられない。自分が歌っているときのような気持ちになってぞわぞわするのだ。

特にだれかと一緒にいるときに鼻歌やハミングで調子よく適当に歌うというのが本当に苦手だった。ちょっと歌ってみてよ、とか、歌っている友達が（ハモってきてよ）みたいな視線を送ってくると毎回全身が凍った。とにもかくにも十代の女子はよく歌う。女子たちはどこでも、いつでも、すぐに歌う。うまくてもへたでもとにかく歌って、へったくそ！　とげらげら笑いあって、大きな紙パックに直接ストローを刺してリプトンの紅茶をがぼがぼ飲む。そういう生き物だった。高校時代に幾度となく現れる「唐突に歌う」場面のすべてでわたしの喉は突然細くなった。話し声なら出せるのに、歌声となるとまったく口から出なかった。わたしは大声で歌うクラスメイトをばかにしたように笑いながら、彼女たちを心底うらやましいと思っていた。

人前で歌えなくなった日のことは鮮明に覚えている。あれは中学二年生の校内の合唱コンクールだった。わたしたちのクラスは途中で伴奏なしで歌う小節のある難易度の高い曲を選んだ。当時、わたしはそれなりに歌うのが得意だと自負していた。だからソプラノのパートリーダーを務めて、昼休みに嫌がるクラスメイトを引き連れてパート練習をしてさえいた。満を持して迎えたコンクール当日、満足のいくように歌い終えてステージから降り、自分の席に座った直後。その後ろに座っていた仲のいいアヤ先輩が声を掛けてくれた。

「お疲れ様。玲音、声たっけえな」

と、アヤ先輩は言った。わたしは、まあ。と照れた。その曲はキーがとても高い曲だったので、褒められたのだと思った。合唱コンクールは、負けた。自宅に帰ってお風呂に浸かりながら考えた。アヤ先輩が言っていたことはもしかして、わたしの音が外れていたということではないか。一度そう思ったらポンプのように不安や悔しさがこみあげて、気になってたまらなくなって、お風呂上りに母に言った。

「声たっけえな、って言われたんだけど、ひどくない？」

するとと母は、洗濯物を畳みながら本当に気まずそうな顔で言った。

「しかたないよ。だから嫌いなの、ママも、歌うの。教えてくれた先輩にも、ありがたいと思える日が来る」

その一言は大きくてかたい金槌となってわたしを殴った。もともと母が歌うことをとても嫌っているのは知っていた。「歌がうまいひとはいいね」と母はよく言った。小さいときに音痴だと言われて、それから二度と人前では歌わなくなった、とよく話していた。母のその一言が突き付けたのは、わたしも音痴の血であるだろう、そしてそれは仕方がない。わたしが歌うことはだれかを気まずくさせるのだ、という事実だった。母の一言はずっしりと肺腑《はいふ》に沈み、わたしは静かに悟った。

ひどい、と、言おうとしたが言えなかった。そのときの母のあきらめの表情が傷付いた少女のようで、わたしは狼狽えてしまったのだ。いつか母がこの呪いから解放されますように。そう祈りながら、わたしは母から歌声を奪った見えない相手をこころの中できっ、と睨んだ。そして、わたしが歌うことで母がまたこの顔になるのは嫌だと思った。

その日からわたしは、全校朝会でも、体育祭でも、歌うときはすべてなるべく口を開けたり閉じたりするだけでやりすごした。

歌うことができなかった裏返しなのか、わたしが仲良くなるひとはみな歌がうまかった。うまくなかったとしても、歌うことが好きなひとばかりだった。大学に入って付き合った年上のその人はとくに歌うのがすきで、ギターがとても上手だった。ドライブをしながらしょっちゅうスピッツやくるりを歌ってくれて、その歌が、何とも言えないくらいへただった。へただった、けれど、さぞきもちがいいのだろうな、と思えるほど大きな声で、いつも笑顔で歌っていた。その人はわたしが人前で気さくに歌えないことを知っていてわざとしょっちゅう歌ってくれた。一緒に歌うなら克服できるかもしれないと何度か試してみたが、結局何度も失敗に終わった。いざ歌おうとすると喉に大きな鉄の球がひっかかっているような感じがした。

ある日その人は福島の海の近くの大きな丘へわたしを連れて行ってくれた。平日の十五時の丘にはわたしたち以外誰もいなかった。遠くまで見晴るかすベンチにふたりで腰掛けると、その人はまた笑ってしまうくらいへたな歌を歌ってくれた。ギターが上手なのが余計におかしかった。「おれだってこんな下手っぴなんだからいいじゃない」と言って、さん、はい、と促してもらう。わたしは意を決して息を吸い、歌った。

自信のないか細い声はあっという間に丘を駆け上って吹いてくる風に攫《さら》われた。攫われたから、気楽だった。歌う順から声が消えていくので自分の声を気にしなくて済む。わたしはどんどん大きな声を出して歌った。へたでいい。自分が歌えたと思ったらそれが歌になるのだ。大きな声で歌うだけ、大きなきもちになった。

それからというもの、わたしの喉につかえる鉄の玉はなくなった。友人と一緒にテレビを見ながら口ずさむこともできるようになったし、合唱する機会があれば目立ちすぎない程度なら声を出した。歌いたくなればカラオケにも行くし、ひとりの車の中でも歌う。まだ、ひとりや気心の知れた友人とに限って、ではあったが、歌えるようになったのはとてもうれしく、自由なきもちがして素晴らしかった。

先日、石川啄木記念館で講演をした。わたしは講演をした経験がほとんどない。緊張しながら用意してきた原稿を見てなんとか話す。そのうちに何人か頷いてくれる人がみつかって、その人たちと代わりばんこに目を合わせて話すうちに、話す内容は軌道に乗ってきた。話の流れで、わたしは石川啄木が歌詞を書いた、わたしの母校である渋民小学校の校歌をどうしても皆さんに伝えたいと思った。あかるい曲調だと伝えるために、一体何と言えば……

「春まだ浅く月若き　生命の森の夜の香に」

躊躇するより先に、口ずさんでいた。音程がちょっとおかしなことになったな、とは思った。でも、歌った。歌えた。自分でもとても驚いて、それでいてうれしかった。知らない人が何人も目の前にいる状況で、わたしはいま「ちょっと歌ってみて」ができたのだ。そのとき、海の見える丘のことが急に思い出された。あの日と同じ風が吹いたような気がしたのだ。わたしはすこし動揺して、講演台に用意していただいた麦茶をゆっくり飲んだ。

あのときわたしを丘に連れて行ってくれた人は、結婚したらしい。近況はもう何年も知らないが、きっと今頃にこにこへたな歌を歌ってしあわせに暮らしていることだろう。わたしの歌声を大きくしてくれたその人に深く感謝をしている。不思議なのは、あんなにうれしくて、涙をにじませて喜んだメロディのこと。思い出深い一曲のはずなのに、わたしはあの日、丘の上で何を歌ったのか全く思い出せないのだ。思い出せるのは海の見えるその丘が朱色に暮れていくのがあっという間で、その幸福がわたしのすべてだと思っていたことだけ。

虎のたましい人魚の涙

「ください」と先に声が出て自分の出した一万円札がおつりになるまでを眺めながら、買ってしまった、というきもちが追い付いてきた。八月の木曜日、朝八時半すぎ。わたしは通勤中に、琥珀《こはく》のピアスを衝動買いした。

麻のワンピース、ウール百パーセントの靴下、あけびの蔓で編んだ籠、翡翠《ひすい》のブローチ、職人が手作業で和紙を貼った団扇、ふたつとして同じ形のない硝子の花瓶、漆塗りの茶托。そういうの、まったくどうでもいいと思っていた。どうせ歯ブラシも、タオルも、食器も鞄も眼鏡も傘もスプーンもひざ掛けもドアノブも、それに準じる高価なものを使っているに決まっていた。お金持ち。きっといいひとたちなのだろうけれど、いけすかない。自分には縁遠い嗜好だと思った。

　高校生の頃、東京から来たとある婦人とお茶をご一緒したことがある。婦人はグレーの髪色が美しく、黒い麻のワンピースを着て、赤珊瑚と思われる大ぶりのピアスとおそろいの指輪をしていた。その婦人はわたしの住んでいる村を「あそこは空気がきれいよね」と言った、わたしはそのことをずっと恨めしく思っている。わたしの住んでいた村はたしかに空気はきれいだけれど、よその人からそう言われることはたいそう腹が立った。こっちがきれいなんじゃなくて、そっちが薄汚れているんでしょうに、などと意地悪なことを言いたくなった。わたしの親戚のおばあさんは手仕事をする。田畑の仕事のない冬場には箒草《ほうきぐさ》を扱《しご》いて、模様を作るように器用に編んで、握る部分に柄物の布をあてて縫込み、立派な箒を作る。その箒を「あらすてきね」とひょいと持ち上げて買っていくのがこの婦人であるような気がしてきたのだ。わたしはくやしかった。くやしくて、みじめで、はずかしかったことを十代のわたしは、都会め、と思った。その婦人は別れ際に「これしかないけどよかったら、お口に合うといいけど」と楕円のパイを一枚お土産に持たせてくれた。銀座ウエストという店のものだと言われた。お茶代も払っていただいたのにすみません、などと礼を言いながら内心ふうん、と思ってスクールバッグのいちばん外側のポケットに仕舞った。帰ったら母と一緒に食べようと持ち帰ってみたら、家に着いた時には粉々に割れていた。一枚のパイを大事に持ち帰ろうとした自分がますますみじめで、自室でひとりきり、粉々になったパイを一気に口へ入れて噎《む》せながら食べた。バターの深い香り。銀座め。と思った。

八月。その日は駅の近くの取引先に朝一で資料を持っていくために、始業時間の二時間前には盛岡駅に着いていた。コーヒーでも飲んでから出社しようかと駅のコンコースを歩いていると、土産物売り場の並びにある「久慈琥珀」の店に足が止まった。母が誕生日に琥珀のブローチが欲しいと言っていたのを思い出したのだ。ここに琥珀の店があったのは知っていたが、足を止めようと思ったことはなかった。虫の閉じ込められたペンダントトップ、雫のかたちのイヤリング、湯婆婆のつけていそうな指輪、バイオリンのかたちのブローチ、ぐい呑みまで。ショーケースにはさまざまな琥珀が並んでいた。モダンなデザインのものも多く、気が付いたらじっくり端から端まで眺めていた。琥珀色、とは聞いたことがあるが、水を混ぜたような薄い金色から煮詰めたような深い茶色まで、実に幅広い色の琥珀があるものだ。特に茶色に近く、布をはためかせたようにこげ茶色の模様が入っているものにこころが惹かれた。ちょうど気に入っていたピアスを片方なくしてしまったばかりだったのでついついピアスに目が行く。でも、どうせお高いのでしょう、二万円か、三万円か。ピアスに釘付けになっていると女性店員がにこやかに近づいてくるのがわかり、身構えた。

「九千万年です」

「へ」

わたしはてっきり「気になるものをショーケースからお出ししましょうか」とか「ピアスが気になりますか、お鏡で合わせせられますよ」などと言われるものだと思っていたので、変な声を出してしまった。店員は構わず続けた。

「世界にはいくつか琥珀の産地があるんですけど、久慈琥珀って、八千五百万年から九千万年前の琥珀なんです。あと、琥珀って〝虎のたましい〟って意味もあるらしくって。ずっと昔の書物にも書かれているんですって。だから琥珀って字には虎が入るんですよ。かあっこいい」

かあっこいい、という言い方がセールストークというよりも男児を褒める肝っ玉母さんの声色だったのでわたしは笑ってしまった。虎のたましい。なるほど、虎っぽい柄にも見えるかもしれない。店員はパンフレットを持ってきて〈琥珀にまつわる物語〉という部分を指さしながら続けた。

「人魚の涙、っていう別名もあるみたい」

——海の神ネプチューン（ポセイドン）の娘は、若い漁師と恋におちた。二人の仲を怒ったネプチューンは、若者を海に沈めてしまった。それを嘆いた娘の涙は、海に落ちていつしか琥珀となったという。琥珀にまつわる悲しい伝説から、人魚の涙とも呼ばれる——

「そういうの、くやしいけどわたし弱いんです」と笑うと店員も笑いながら「意外と安いんですよ」と、ショーケースに手を突っ込んで一番近くにあったピアスの値札を見せてくれた。少し大きめの琥珀の粒のキャッチからは華奢なチェーンが伸びていて、コットンパールがその先で揺れるようになっている。二万円かな、と思っていたが四千五百円だった。「こっちもシンプルでかわいい」と店員がもうひとつ出したものは、先ほどの琥珀より深い色をしていて、複雑な模様が入った丸い琥珀の粒がひとつU字の金具の先で揺れていた。三万円かな、と思っていたが八千円だった。琥珀は照明のひかりをその粒の中で乱反射している。欲しい、と思ったが、八千円のピアスはあまりに大きな買い物だ。ほかのアクセサリーを作る際に出た端材をぎゅっと圧縮して作ったものだと比較的安く、ひとつの石から削り出したものだとそれなりな値段だと店員は教えてくれた。母のブローチを探しに来たことを伝えると、久慈の本店では大きな琥珀から好きな部分を切り出して好きなアクセサリーに加工できること、オーダーメイドの割にはお手頃価格であることを教えてくれ、確かに思っていた以上に安かった。「お母様を連れてぜひまた来てください」と言われて、改めて自分のピアスではなく母へのブローチの下見をしに来たことを思い出した。いつの間にか店にはお金持ちそうな高齢婦人が二人増えていて、そのうちの一人がわたしの相手をしてくれている店員に話しかけたそうな顔をしている。わたしはよれよれのブラウスとスニーカーであることがはずかしく、申し訳ない気がしてきたので小さな声で「もうすこし大人になったらまた来ます」と愛想笑いをしてそそくさ帰ろうとした。店員さんは「九千万年長持ちしますからぜひ」と笑って、わたしに会釈をしてから婦人の下へ駆け寄った。婦人がすぐに会計をはじめる様子を眺めながら、バスプールに向かってわたしは歩き出した。歩き出して、コンビニのＡＴＭでお金をおろし、琥珀の店に引き返していた。

琥珀のひかりから遠ざかる数歩の間にこころが決まっていた。このひかりを何としても手に入れたくて堪らない、九千万年前の粒を耳に揺らすのに八千円なら安いくらいだとすら思っている自分がいた。すぐに戻ってきたわたしに店員は「もうちょっと迷ったほうがいいんじゃないですか」といたずらに笑いながら、鑑定書と保証書を用意してくれた。退店するとき、店員はわたしに、いってらっしゃい、とほほ笑んだ。

お手洗いへ駈け込んで慎重にピアスを着ける。琥珀はちょうど耳の縁にこぼれるように揺れてくれる。一見地味。でもそれが吼える前の静かに唸る虎に思えてかっこいい。遅刻ぎりぎりになってしまったのに、わたしはとてもにんまりしていた。おおきな虎のような心地で会社までをのしのし歩く。あの日パイをくれた婦人にも、初めて珊瑚を買った日があったのだろうか。

この琥珀の粒はこれから虎のたましいのように、ときには人魚の涙のようにわたしの耳元でこの先の九千万年ひかり続ける。

耳朶の紫式部

　ここ二年ほどは、ひとりでふたり分くらい働いている。会社員と作家を両立させるぶん、生活、つまり家事はおろそかになる。実家に暮らしているので洗濯や炊事やその片づけは両親がほとんど全部やってくれている。社会に出て四年になるというのに中学生のような頼り方をしていることが不甲斐なく、たまに洗い物をしたりすると「あらめずらしい、いいのに、たすかるけど」と母が申し訳なさそうな顔をするので、余計に情けないきもちになる。平日は会社から帰り、原稿に向かい、土日はイベントに参加し、原稿に向かう。そうした「なんにもしなくていい、ずっと寝ていていい休日」がないままま一か月が過ぎようとした夜、夕飯が豆乳鍋だった。父が作った鍋を囲み、締めにうどんを入れようとしたわたしを父が「食べすぎだって、やめとけ」と制した。その途端、わたしの顔面が沸き上がってくちゃくちゃになるのがわかった。まずい。と思ったが遅かった。わたしはあっというまに号泣しだした。「い、い、いじわる！」と、絞り出すように言ってティッシュを六枚とってふかふかにしてそこめがけて大泣きした。二十五の娘が締めのうどんが食べたくて駄々をこねて泣いている。父は困惑しただろう。最近夜に大食いすることが増え、体重を気にしている娘を見ていた父が意地悪でそう言ったわけではないことくらい、わかっていた。わたしだって困惑していた。うどんが食べたくて泣いているのではない。いま自分が選択できる唯一の自愛の方法が締めのうどんだったから、それがいけないと言われたら、どうしていいのかわからなかったのだ。「かわいそうに、食べさせてあげたらいいじゃないの」と母はうろたえた。でもそう言われたら食べたくない気がしてきて、もういい！　と言って風呂場へ駈け込んだ。湯船に浸かりながら、冷凍うどんを片手に持って「(うどんが食べたいのに)いじわる！」と大泣きした自分を頭の中で再生したら滑稽で笑えて来た。なんてことはない、つかれているのだな、わたしは。と思う。うどんで号泣するくらいがんばっているのだから、すこしくらい気晴らしをしよう。そうとなれば思い浮かぶ顔があって、すぐに連絡をした。

すいちゃんはホテルのロビーにいるわたしを見つけて、遠くから、ぺこ。と音が鳴るようなちんまりとした礼をした。わたしはすいちゃんのこの礼が好きだ。ワイン色のスカートを穿いて、薄手のニットを着たすいちゃんは「たのしみですね」と微笑んだ。思い立ってちょっと良いビジネスホテルを一室予約し、ずっと行きたかった割烹を予約したのだ。ここしばらく、感染症や帰りの電車の時刻や迎えに来てくれる両親を気にかけて思う存分お酒を飲むことができていなかった。退勤してから翌朝の出勤までのたった半日でもいい、大学生の頃のような後先考えない夜を過ごしたくなったのだった。わたしは手を四本くらいにして仕事をやり終えて、定時で会社をとびだした。おいしいものを食べるとなったら、大学時代からいつもすいちゃんと一緒だった。「餃子」「はいよ」。「もつ鍋」「何時ですか」。「焼き鳥」「ちょうどそう思ってました」。「ピザ」「行く」。いつも食べたいものがあるほうがぶっきらぼうなＬＩＮＥを送り、二言目にはＯＫのスタンプを押して化粧を直して家を出る。都合が合えば阿吽《あうん》の呼吸で一時間半後には集合していた。すいちゃんは学生短歌会の一つ下の後輩だ。わたしは仙台で過ごした大学時代、多い日は週に四回もすいちゃんとごはんを食べていた。そのすいちゃんが就職で盛岡に住み始めたのに、わたしってやつは、忙しさの中でぜんぜん会えていなかった。

割烹はそれはもう素晴らしかった。「季語ですね」などと言い合いながらつぎつぎと運ばれてくる肉厚な湯葉、蒸した蕎麦の実のとろろあんかけ、かますの焼いたの、ちいさな鴨鍋、無花果《いちじく》の糠漬けなどをたいらげた。おいしいものにはのけ反り、いまいちなものには無言でこくこく頷き、料理が運ばれてくるたび「わーい」と言うすいちゃんとごはんを食べる時間が本当にうれしくてたまらなかったことを、思い出した。ここ最近、会う人会う人に「お忙しそうですね」と言われている。それに次いで、どうやってふたつの仕事を両立させているのか、とか、儲かっているのか、とか、身体を大事に、とか、高給取りと結婚して専業で書け、とか、言いたい放題言われてしまう。確かに忙しいのだが、自分で自分を忙しい人生にしたのだ、わたしだけの忙しさなのだから、わたしの忙しさはわたしだけで心配したい。好きで会社員も執筆業もやっている。しかしときどき、これを続けて何になるのだろうと、真っ暗な気持ちになることがある。このまま自分の人生はどうなってしまうのか。考える時間が増えてふさぎ込んでいたのに、すいちゃんはひとこと「いろいろあって、つかれますよねえ」と言うだけで、あとは何も聞いてこなかった。板前の男性は帰り際「若い子が来てくれるとほんとうにうれしいもんだね」とカウンターの向こうで目を細めた。

「こういう、教養ってかんじのものをときどきは食べないとだめだね、ほんとうに、ときどきしかできないけど」

「そうですねえ。あ。レインさんの耳が光ってるの、ひさしぶりに見た」

　割烹を出てすいちゃんが笑った。すいちゃんはいつも、わたしの酔って痛そうなほど赤くなった耳のことを「光っている」と言うのだった。「光らせちゃってる？」とおどけながら腕を組む。秋の終わりの十月の夜風は冷たいが、追い風である。今夜の我々にこわいものはない。そのままイタリア料理店へ行き、食後のシェリー酒とかたいプリン、カカオと山椒のセミフレッドを食べてふたりでホテルへ戻った。シャワーを浴びて、仕事の話や彼氏の話などをひと通りしているうち、久々に深酔いしたわたしは先にベッドに入った。ねますか、とすいちゃんが電気をひとつ消す。そういえば学生のときも「久々に深酔いした」としょっちゅうわたしは言って、お酒に弱くて、先に寝てしまうのだった。ダブルベッドにもぐりこんできて、すいちゃんは話し出した。

「紫式部って知ってますか」

　あの、ぷちぷちっとした紫色の実が付く植物でしょう。と答えると、すいちゃんは聞いてきたくせに「よく知ってますね」と言った。祖母の家に住んでいたころ、畑に大きな枝ぶりの良い紫式部が植わっていて、わたしはその実をぽろぽろ取っててのひらで遊ぶのが好きだった。

「わたしの耳朶《みみたぶ》に、紫式部があるみたいなんですよ。ちょうど紫式部の実がひとつくらいの、しこり。あした病院へ行っておかしなしこりじゃないか見てもらおうと思って、有休とったんです」

わるいのじゃないといいね、と言いながら、ほとんど眠っていた。すいちゃんは「本当に紫式部なんですよ、ほら」と言ってわたしの手を取って耳朶をつまませた。ひとさし指と親指の腹でやさしく探すと、ピアス穴があるような位置に、ぷち、とかたいところがあって、言われてみるとそれは確かに紫式部の実そのものの大きさだったので、わたしは笑った。うわ、ほんと。と、言いながら、わたしはついに眠った。

翌朝。チェックアウトぎりぎりまで眠っていなよ、とすいちゃんに言い残して先に部屋を出る。すいちゃんは、いってらっしゃい、と言ってまた、ぺこ。と礼をした。その日の仕事は驚くほど集中できた。からだはややだるくても、たましいがきゅるきゅると艶やかで、前向きな気持ちがした。昼休みにすいちゃんから「耳朶のは良性の腫瘍なのでべつにそのままでいいみたいです」と連絡がきた。

十一月になり、すいちゃんから突然クール便でずっしりとした荷物が届いた。ぶ厚い発泡スチロールの箱を開けると、中身は秋刀魚《さんま》だった。不漁で価格も高騰していて我が家でも細くてちいさめなのを食べただけだったので、その秋刀魚の太くて立派なさまに思わず声が漏れた。まるまるとして、新鮮な証拠にくちばしが黄色い、目が透き通った秋刀魚が八尾も。焼いて、梅煮にして、味わいつくした後にお礼の連絡をすると「届きましたか！　レインさんにいちばん似合う武器だと思って」とすいちゃんが言うので、スマートフォンを持ったまま声を出して笑った。武器。何と戦うのだわたしは。いや、常に戦っているのか？　新鮮な秋刀魚が剣のように濡れて光っていたことを想い返す。すいちゃんは過去にも、「強くなりたいときのために」と言って資生堂の赤い口紅をくれたり、「愛は大きいほうがいいですから」と言って、漫画に出てくるような、顔よりも大きなハート形の棒付きキャンディーをくれたりした。わたしはわたしで、青い花や野うさぎのぬいぐるみや夜景の名のついたマニキュアをお返ししていた。日々に追われて贈り物の楽しさをすこし忘れていた。ぶ厚いリボンをほどくときの、心まで暴かれてゆくような緊張感とうれしさのことを。またすいちゃんとごはんを誘って、突然「じゃじゃ麺」とか「馬刺し」とか連絡をしよう。すいちゃんとごはんを食べていると、わたしはひとりでに強くなる。

すべての慌ただしさがようやく一息ついて寝てばかりいた土曜日。夕飯は父の作った牡蠣《かき》の土手鍋だった。食べ終わるあたりで父がわたしの顔を見ながら「うどん、入れよう!」と言うので、わたしは豪快に笑った。

蝿を飼う

「冬の蝿」という冬の季語がある。冬に生き残っている元気の衰えた蝿のことだ。文字通り五月蝿《うるさ》いと書く夏の蝿よりもよぼよぼしていて、その哀愁を詠まれることが多い季語。その「冬の蝿」をいま、我が家に住まわせている。

住まわせている、と言ってはいるが、住まわせるかどうかは人間側の心持ち次第だ。夏場であればこの状況は「蝿を逃がしてしまっている」と言えるし、さらに言えば「蝿」というより「ハエ」だと思っている。たった数ヵ月前まで「あっまた茹でトウモロコシの上に！」「壁にとまった、いまだ！」とハエ叩きを片手に追い掛け回していたはずなのに、いま、母とわたしで一生懸命蝿を気にかけて暮らしている。

十一月の半ばも過ぎたころ、夕食を食べ終わってなんとなくテレビを見ていたら「ハエ」と向かいに座っていた母が言って、「『冬の蝿』ですな」と言い直した。母もわたしと一緒に俳句をしている。テーブルの薄緑色のランチョンマットの上を、蠅はてててて、と歩いていた。近くに祖母からもらってきた大根の漬物が置いてあって、その器へよいこらせ、とよじ登ろうとする姿に、叩こう、と咄嗟に思ったが、手を引っ込めた。「そうなのよ、なんかついうっかり殺しちゃいそうで怖いんだよね」と母は笑った。毎日料理や皿洗いでわたしよりも長く厨《くりや》にいる母は数日前からこの蠅の存在に気が付いていたらしい。「最後の日々をあったかい家の中で過ごさせてやってもいいんじゃないかと」「なるほどね」「あ」思い立ったように蠅が飛び立ち、わたしの前髪にとまった。「たかられてやんの、くさいんじゃない」「たかるって言うな、あと、くさくない」蠅のほんのわずかに動く脚が前髪をかき分ける感覚があり、くすぐったかったわたしは頭をぶんぶん振り回しながら手で振り払った。その手のひらに蠅のからだが当たる。「わっ」と声が出る。「いま、またうっかり殺しちゃうかと思った」「でっしょぉう」母はなぜか得意げにそう言う。きっと母も何度か手で振り払ってしまったのだろう。夏のハエならばもっと機敏に飛び立つので、どれだけ素早く振り払おうとしても、手のひらにからだが当たるようなことはそうない。体力が落ちた蠅なのだと改めて思う。驚いて飛び立った蠅はまた薄緑色のランチョンマットの上をゆっくり歩いては立ち止まり、時々手をこすり合わせる。堪忍してな、すまんすまん、と手のひらをすり合わせているように見える。すまんすまん、ほんのちょっとだけの居候ですからと言っているような気がしてきて、不思議と憎めない。小学校の時に見た図鑑で、トンボとハエは複眼と言ってまんまるいふたつの目にみえるけれど、その目は何百個もの小さな目の集合体でできていて、だからものすごい速さで人間の振り回すハエ叩きや鞭のように振り下ろされた牛のしっぽから逃げられるのだと教わった。幼心に、高性能のメカみたいですごいなあ、というきもちと、こわあ、きもちわるうというきもちが半々で複雑な顔になったことを覚えている。その数百個の目が全部わたしの方を向いて、どうかどうかと言わんばかりに手をすり合わせている。

「ごはんにとまるのはやめてね」と蠅に向かって話しかける。はあ、わかりました、気をつけますんで、堪忍堪忍。蠅はひとしきり手をこすり合わせた後、またランチョンマットをてててて、と歩いて大根の漬物の器に手をかけたので、こら、と叱って漬物はさっさと冷蔵庫へ仕舞った。

かくして冬の蠅とわたしの同居は始まった。蠅は常に食卓にいるのではなく、食事のある時以外は温まっている冷蔵庫の外側や天井、お菓子入れの横などでじっとしており、わたしたちがご飯を食べるときになって、さてさて夕餉《ゆうげ》ですか、と言うようにやってくる。なんだか本当に家族の一員ではないか。しかも、我々が大皿小皿と箸を行き来させているときはそのそばでじっとしていて、一通り食べ終わったあたりで皿を舐めに飛んでくるから、余計に居候をわきまえているようでおかしい。

数日後の夜、また母と向かい合って座ってテレビを見ていた。蠅は卓上に置いてなんとなくつまんでいた米のポン菓子にとまり、ちうちう吸い出した。ちゅうちゅう、ではなく、ちうちう、という吸い方だった。そういえば蠅って何が餌なんだろう。いつも食べ物の上にとまっているけれど、蠅がとまった後の皿がきれいになっていたり果物が齧られたりしているのをあまり見たことがない。「最後の晩餐かもしれないし、甘いものが食べたいのかもね」と母は言って、カブトムシのゼリーでも買ってやろうか、と笑った。「蠅の好物ってそういうんじゃないんじゃないの」と反論する。「虫ってみんな甘い蜜すきでしょう」「いや、だって蠅だよ、ハエ」「じゃあ何が好物なの」。……うんち。小さい声で言うと、母は張り裂けそうなほど爆笑して、確かに、確かに、と言いながら腹を抱えてしばらく笑った。言っておきながらわたしもおかしくなってしまって、ふたりで笑い転げた。笑い止んでは思い出し、でゃは、と笑いが漏れてきて、そうするとまた一通り大声で笑った。何度かそれを繰り返して、はあ苦しい、と涙をぬぐいながら母は冷蔵庫へ行った。「やっぱりはちみつだよ」とポン菓子の横に二センチメートルほどの円ではちみつを出す。これじゃあ間違って絡まって動けなくなってしぬよ。ハエとりリボンみたいに。「それは困る」と母はポン菓子の数粒にはちみつを纏わせて置いた。しばらくふたりで眺めていたが蠅は薄緑のランチョンマットの上を行ったり来たりしたあとポン菓子にとまり、はちみつのポン菓子の上に跨って口を吸いつけた。すると、蠅はそのまま硬直した。普段ならちうちう口元をつけたりはなしたりするのに、つけたまま微動だにしなかった。「う、うまい。なんだこの甘さは！」とわたしがアテレコすると母が笑う。そういう衝撃的な感情を蠅から感じたのだった。すっかりこの蠅をかわいいと思い始めている自分がいる。蠅はしばらくはちみつのポン菓子の上にいて、満足したように薄緑のランチョンマットを数往復して、そのあと、姿を消した。

本当にはちみつが最後の晩餐になった。あの蠅は幸せだっただろうか。家の中にはいるはずなのだ、いつかどこかのタイミングで死骸に遭遇してしまうかもしれない。そしたらお墓を作ってあげるべきだろうか。普段は叩いて殺してティッシュに包んでくずかごへ入れてしまう蠅と、はちみつを舐めたこの蠅の何が違うのだろう。絶滅しそうで弱い生き物だけを守って、自分に害のある生き物は殺す。人間とはなんと利己的な生き物だろう。蠅がいなくなってから数日、残業を終えてひとり分残してもらった夕飯を食べながらわたしはそういう大きなことを考えたりした。

その週末。残業を終えて帰宅すると、夕飯を食べ終えてくつろぐ母の背中の、エプロンの赤いひもの上に、蝿がいた。「生きてたの！」と声が出た。「え。バエ子ちゃんずっといるけど」と母はあっけらかんと言った。いつの間にかバエ子ちゃんという安直すぎる愛称までついている。どうやらわたしが蝿の姿を見ていなかったのはここ数日残業をして帰っていたからで、蝿は両親とともに食事を済ませ、わたしが帰ってきたときには寝床にいたらしい。こいつ。と思った。さき夕飯いただきましたんで、ってことか。ひっぱたきたいようなきもちが込み上げてくる。どれだけわたしが心配したと思っているのか。そのあと母が立ち上がって皿洗いをしていても、終わって椅子に座って本を読んでいても、蝿はずっと母の背中にまるで負ぶさるようにとまっていた。背中にいるよと教えると「セーター着てるからあったかいのかもね」と母がのんきなことを言うので「さっきから一時間くらいずっと赤ちゃんみたいに蝿をおんぶしてますよ」と伝えると、やだあ！　と母が背もたれに背を押し付けようとした。「しんじゃうしんじゃう！」と慌てて声が出る。もう、うっとうしいのか、いとおしいのかわからなくなっている自分がいる。

蝿と過ごして二週間が経とうとしていて、あっという間にもうすぐ師走である。蝿は日に日に飛ぶ回数が減っている。だんだんと手をこすり合わせることもなくなってきた。一日のほとんどをじっとして過ごしている。それでも夕食を食べ終えたくらいの頃合いになると蠅は力を振り絞ったように飛んで、毎回わたしの前髪にとまる。「またたかった、くさいんじゃないの」と母が言う。「たかるって言うな」と言い返して、そのまままそっと席を立つ。蠅よ。死ぬときはわたしに見えない場所でこっそりおねがいね。わたしの前髪で死なれたりなんかしたら、結構、ショックだと思うし。蠅は前髪にとまっても以前のようにわさわさ動き回らず、じっとしている。それでも前髪から伝わるその数グラムの存在はやっぱりちょっとくすぐったくて鳥肌が立ちそうになる。そのまますり足で窓のそばへ行き、カーテンを半分あける。

蠅。暗いけど見える？　この白いのがね、雪って言うんだよ。蠅は何とも返事をしない。ただ静かにわたしの前髪の上にいて、その数百個の瞳に降る雪を映す。

雪の道

“Where there’s a will, there’s a way.” 意志あるところに道は開ける、とリンカーンは言った。冬になるとつくづく、わたしが今歩いている道は誰かによって作っていただいた道なのだと思う。そう。東北の冬は除雪しなければ、歩くことができない。

午後三時、営業車を走らせながら空がだんだん暗くなってくるのがわかり、駐車場に停めたころには大雪が降っていた。朝、出がけに父が「きょうは相当降るぞ、できるなら早退して帰ってきた方がいいかもしれない」と忠告してくれたにもかかわらず傘を持ってきそびれた。午前中はとてもよく晴れていたから、警報が出ているけど大したことないな、となめてかかっていた。低い雲。気象の神様が腕まくりをして、これから本気で雪を降らせてやろうとしているのがわかる。雪の粒は粉雪に近いほど細かく、真上を向くと、永遠に続くＧＩＦのように雪のはじまりが見えない。覚悟を決めて車のドアを開け、ダウンコートのジッパーを限界まで引き上げ、マスクごと覆い隠しながらフードをかぶって小走りで会社に戻る。冬というのは毎回こんなに寒かっただろうか。毎年そう思っているような気がする。生まれて二十七回目の冬であるというのに毎回記憶を超えて新鮮に寒いからすごい。ダウンで極力顔を隠しても雪はまつ毛や前髪に吸い付き、溶ける。さむさむさむ！　小さく声を出しながら小走りをする途中、自分の姿が不動産屋の大きな窓に映って見える。すっぽりフードをかぶり、うす茶色のダウンにぼてっと埋もれたわたしはどこかゆるキャラっぽい。生姜。生姜のゆるキャラ。一昨年の冬、シャンパンゴールドと説明されてすっかりいい気になって新宿駅地下で買ったコートは、ちょうど生姜色に見える。思わず立ち止まり、生姜のゆるキャラと見つめ合う。膝の下まですっぽり隠れてそこから黒いタイツの足だけが生えている。丸くて大きな頭から小さな目だけが見えて、腕も手ももこもこしている。ダウンの段差がちょうど生姜のでこぼこ具合とよく似ている。（やあみんな。生姜をたべているかい。生姜は体をぽかぽかにするから、積極的に食事に取り入れよう！）頭の中で勝手に台詞を作り、右足のつま先をあげて小さくポーズを取り、にやつく。ざざざ、と何かを擦るような音がして我に返ると自動ドアが開いてスーツの男性が出てきた。

「マンション、ご検討ですか」

うあ、と声が出てコートの中に潜る。何と情けない声だろう。わたしが立っていた窓には、新しくできるマンションのチラシが貼ってあった。

「あ、きょうはいいです」

一礼をして逃げるように立ち去る。きょうは？　こんな高額なマンション、いったいいつ検討するというのだ。さっきのゆるキャラのうすら笑いも全部見られていただろうか。ああ。ああ！　足をはやめながら恥ずかしくてたまらなくなる。息が上がって、マスクをしているせいで眼鏡がすっかり曇って前が見えない。眼鏡をむしり取って左手に握って、ぼやけた視界のままずんずん歩く。このコート、試着した時はとてもゴージャスでばりばりのOLらしくてかっこ良いと思ったのだ。新宿駅地下の服屋のお姉さんはジッパーをすべてあけて着ると細身にも見えると言っていた。フードが分厚いので首回りがゴージャスで、小顔効果があると言っていた。新宿で、ならば。岩手の大雪の中でジッパーをすべて閉め、フードをかぶったら生姜のゆるキャラなのだ。マンションも買えない、生姜のゆるキャラ。無風の中で雪はとてもやさしく、しかし容赦なく降り続ける。頭や肩に雪が積もってくるのがわかって、濡れた大型犬のように体をぶるん！　と振る。このままでは雪だるまになってしまう。確か今の気温はマイナス五度。寒すぎて積もった雪がさらさらしているから歩きにくい。この、このっ、と思いながらなんとか歩く。会社に戻ると、アッコさんがわたしのことを見て噴き出した。

「何にも言わなくても外がすごい雪だってわかるわ」

そうでしょうね。と言いながらコートを脱ぐと、頭から腕に積もっていた雪がごそっと落ちて、アッコさんは「ちょっとお、玄関でちゃんと雪落としてきなさいよお」と母親のようなことを言う。アッコさんは実際わたしの母より年上で、会社のだれよりもわたしに世話を焼いてくれる。

「玲音、あんた打ち合わせの予定がないんだったら帰れなくなる前にもう帰った方がいいんじゃないの、車で来たんでしょう」

まあ、確かにそうですね。と言いながら、今朝父が帰れるなら帰ってきた方がいいと言っていたことを思い出す。書類を作っていた後輩のヒラサワが、

「盛岡がこれだけ降っていたら、村もっとやばいんじゃないですか」

と茶化す。わたしが住んでいるのは盛岡市ではあるが、ついこの前まで村だった。だからわたしは盛岡市から同じ盛岡市に移動しているはずなのに、車で四十分かけて

通勤している。合併をした後の盛岡市には、わたしの住んでいた村がたんこぶのようにくっついている。村には藪川《やぶかわ》という本州でいちばん最低気温が低い地点があり、ヒラサワの言う通り、盛岡の街中に比べると家に近づくにつれて雪深くなったり、気温が二度も三度も下がったりする。窓の外を眺めると、さっきよりも雪の量が多い。これ、ずっと降るんですかね。と言うと、夜にかけてひどくなる一方ですよ、無理せず帰った方がいいですよ、と念を押される。遠くから救急車の音が聞こえる。意地を張って定時まで仕事をしているうちに、事故を起こすほど降るかもしれないな。と思って、おとなしく早めに帰らせてもらうことにした。コートを羽織るわたしに、アッコさんは「生きて帰りなよ」と笑った。

車の鍵を開けて扉に手をかけると、みしっ。と鳴って開かない。凍っている。何度も力を入れると観念したようにようやく開く。乗り込んでエンジンをかけ、最大の強さで温風を窓に当てる。窓の氷を溶かしているうちに、凍り付かないように上げていたワイパーを降ろし、ブラシでライトやミラーや横の窓の雪を払う。うしろの窓を払っているうちに最初きれいにした窓に雪がまた積もってしまう。埒《らち》が明かないので最低限だけ払ったら車の中に戻る。ハンドルが冷たすぎるので、手袋をしたまま握る。駐車場にも既に二十センチ近い雪が積もっている。発進すると新雪にタイヤがめり込んで、ふみみみみ。と鳴った。安全運転、安全運転、と唱えながら家まで向かう。国道は圧雪されていて思ったよりもひどい状況ではなかったが、あと数時間もこの調子で降り続ければ、きっとわたしは帰ることができなかったろうと思った。四車線の国道は一面雪で、線などは一切見えない。今まで走ってきた車の轍《わだち》や、うっすら茶色くなっている部分でどうにか道を把握しながら進む。途中、強風でホワイトアウトしそうになりつつも、ゆっくりゆっくり運転して、村に着いた。

ようやく家まで入る道になってわたしは衝撃を受けた。全く除雪がされていないのだ。四十センチほどの雪がだれにも踏み入られることなくきれいに積もっている。このままつっこむしかなかろう。覚悟を決めてゆっくり進むと、タイヤがまた、ふみみみみ、と鳴って、十メートルも進むとその音がずもももも、になった。わたしはイの顔をしながらたのむ、進んでくれ、と念じて静かにアクセルを踏んで、どうにか家の駐車場の前に着いた。わたしの家には両親とわたしで三台の車があり、屋根付きの駐車場は二台分しかない。母の車のおさがりをもらったばかりのわたしは屋根のない裏の畑に停めていた。畑はそれはもう笑ってしまうほど雪が分厚く積もっており、とてもつっこんで停められる状況ではない。下手したらタイヤが空転して動けなくなってしまうだろう。まずは雪かきだ。一旦屋根の下に車を停め、家の中に荷物を降ろし、靴をヒール付きのブーツから長靴に履き替える。小屋から「ママさんダンプ」を取り出し、雪へと突き進む。ママさんダンプというのは両手で握れる取っ手の付いた大きなスコップのことで、雪の多い地域なら一家に一本はある道具だ（冬季に男性は出稼ぎで不在、除雪は女性の仕事だったため、軽くて運びやすい「ママでもダンプカーのように雪が運べる」というのが商品名の由来らしい。いにしえ、ってかんじだ）。我が家のママさんダンプは雪をのせる部分が真っ赤で、なんとなくパワーがありそうで良い。ずぼずぼと足を雪に埋めながら、ダンプを雪に突き刺しては持ち上げ、運び、それを繰り返す。持ち上げると新雪はきれいに四角く浮き上がり、白い巨大な煉瓦を運んでいるような心地がする。エジプトでピラミッドの石を運んだ人や、角砂糖を運ぶ蟻のことを思う。労働の汗。いつも父が雪かきをしてくれるから、最近はほとんど雪かきをしてこなかった。雪かきとは腕も脚もつかう重労働であったことを思いだした。家の前を十分ほど雪かきするだけでへとへとになる。ああもう、除雪車早く来いよ、と思ってから、そうか、毎日わたしは除雪してもらった道をさも当たり前のように使っていたのだ。感謝の念が込み上げてくる。すべての働く皆さん、ありがとう……。

ようやく除雪を終えてダンプを片付ける。積み上げた雪を眺めると、ほんのり青色をしている。わたしが長く東北に暮らして思うのは、雪は白色ではなく、青く光るということだ。意志あるところに道は開ける。行きたいと思った方向にダンプを差し込み、少しずつ、しかし確実に進む。道を開くためにかき分けた雪は大きな山になって静かに青く光る。

白鳥は夜でも白い

「あと三分かあ」

会社のテレビをつけた副部長が、椅子にすっかり凭れかかりながら言う。わたしは焦っていた。どうしてもいまここを脱出しなければいけない。オフィスを出て、廊下を歩きながらひらめく。屋上。屋上へ行けばいい。立入禁止、と赤字で書かれた紙が日に焼けてぼろぼろになっている。わたしはこの非常扉の向こうに階段があり、屋上への入り口があると知っている。そして、常にこの扉の鍵は開いていて、実は誰でも簡単に出入りできてしまうということも、知っている。静かに扉を開け、静かに閉める。ブーツのヒールが尖った音を立てないようにそろそろと階段を上がり、屋上への扉を開く、はずだったが、すぐ近くから女の声がした。わたしは身をこわばらせて息をひそめた。

「だれか来たかも」

と、女は言い、少しだけ開いていた扉を全部開いた。やばい、屋上に来たことがばれる。怒られる。壁に凭れて隠れようとしたものの、すっかり見つかってしまった。屋上には三十代くらいの男女がいて、ふたりで非常階段を登りかけていたわたしを気まずそうに見下ろしていた。このビルですれ違ったこともない男女だった。密会？情事の邪魔をしてしまったのかもしれない、と咄嗟に思う。見てはいけないものを見てしまった。

「あ、あのごめんなさいあの」

と言い、わたしが五段ほど駆け下りると、

「ち、違うんです」

と声がした。振り返ると女は顔の前で両手を何度も交差させて、ちがうちがう、と慌てた。

「黙禱、したくて」

「えっ」

「空が見えるところで、黙禱したくて」

「えっ、あの、わたしも、です」

どうぞどうぞ。男が扉をひらいたままにして、わたしが来ることを促してくれる。「きょう、晴れてるので、屋上に行きたくて勝手に」と、女が言う。「わたしもです」と、笑いながら答える。黙禱をしようと思って屋上に来たのが自分だけではなかったことに、どうしようもなくありがたいきもちになる。ふたりはふたりで奥のほうへ行き、手をつなぎそうなくらい寄り添っていた。情事ではあったのかもしれないな、と、思う。

この古いビルの屋上は、思ったよりも広い。まる三年ほど働いていて、このビルにいい屋上があることを知ったのはついこの前の夏だった。落下防止の金網は錆びて頼りなく、本気になったら破壊していとも簡単に身を投げることができる。ぶよぶよのゴム製の床はプールサイドのような緑色をしていて、その縁《へり》にあたるところに室外機が八つほど並んで置かれている。南側に、ほとんど使われていないような物干し竿が二本。その対になるような北側に、管理棟なのか、よくわからないプレハブのような部屋がこぶのように建っていて、そちらは本当の立入禁止だ。うまく言えないが、「屋上」と言われて想像するにはあまりに屋上らしい屋上だった。男女はそのプレハブのような部屋の近くにふたりで寄り添って立っていた。邪魔してはいけないだろう、と、わたしは物干し竿の近くに立った。

「あっちが海でしょうよお」

女の甘えたような声。ふたりは指を差しながら体の向きを変えている。そうか、方角。あわてて iPhone でコンパスのアプリを表示させ、東のほうを向く。その瞬間、サイレンが鳴った。サイレンは同じ音で、いろいろな場所から聞こえた。目を閉じているあいだ、こころがよくしゃべった。

(そういえば九年前や八年前は、黙禱の時間に「黙禱」ってミクシィに書くのが流行って、黙禱の時間に「黙禱」って書いてる奴は黙禱してねえだろって思ってたな、ということをふいに思い出したけどいやそういう意地悪なことをよりによってこの時間に思い出している場合ではない、音、音を。そうだぜんぶが変わってしまった、大きな波が頭の中に押し寄せてくるしくなる、たくさんのものを押し流してそしてかっさらって行った波、波、のことは、あまり考えないようにしよう耳鳴りがしそうだでも忘れない、でもいま忘れないって思っているわたしは「一日も忘れたことがない人たち」のことを見て見ぬふりしているのではないか、ああ、またそういうひねくれたことを思っている暇が)

「あ」

突然静寂が訪れておどろいて声が出る。黙禱が終わったのだ。ゆっくり顔をあげて目を開くと、まぶしくて視界がぎゅん、とネガフィルムのようになる。『ちいちゃんのかげおくり』でこんなのあったな、と思って、戦争のことをいま思うのは違うんじゃないの、と思って、違うって何が。と思う。男女はそそくさ屋上からいなくなった。わたしは自分の影と室外機を写真に撮って、でも、これはSNSに載せなくてもいいよなあ、と思う。

十年ずっと言えずにいた震災のことを小説にしてから、いままで見てこなかった分を取り戻すように、償うように、今年はなるべくたくさんの震災関連のドラマや映画や作品を鑑賞した。それはわたしにとって、大きな変化だった。だからその勢いで行った方がいいような気がして、行けるような気がして、仕事を慌てて切り上げて盛岡城跡公園の「祈りの灯火」へ向かった。たくさんの灯籠がオレンジ色に光をたたえている。子供連れがたくさんいて、きゃあきゃあはしゃぎながら灯籠の周りを歩く。たくさんの報道関係者が重そうな機材を掲げてその人々を撮影し、時折捕まえて話を聞こうとしている。自衛隊の制服を着た男に、男児が駆け寄っていく。慌ててそれを追いかけた母親が「自衛隊の人たちはね、震災の時に、たくさんの人を助けるために、たっくさんがんばってくれたの。だから、ありがとう、なの、わかった？」自衛隊員のふくらはぎに抱き着いた男児が見上げながら「へー！　がんばったんだね」と言い、自衛隊員が「がんばったよー！」と笑う。灯籠のひとつひとつに「東北♡」「祈り」「希望」「絆」「明日」「未来」「わすれない」「感謝」と書かれてあり、そのいくつかは小学生たちが書いたもののようだ。「命」と書かれてある灯籠はくりぬいた部分が大きすぎてどれよりも燃えて見える。灯籠と灯籠の間の狭い道を人を避けながら歩く。クラシックのような音楽が聞こえる。カップルや家族がたくさん写真を撮ったり、ひとつひとつの文字を見ながら談笑している。お祭りみたい。iPhoneを取り出して写真を撮る。撮って、撮ったからってなんなんだろう。と、思う。視線がどんどん滑ってゆくのがわかる。耳が詰まったような感覚がしてくる。ああ、よくない。慌てて灯籠から遠ざかり、逃げるようにむつむつと歩く。十年、だからなんだっていうんだろう。どうしてみんなあんな無垢《むく》な顔で灯籠に「希望」だなんて書けるんだろう。三月十一日だから、なんだっていうんだろう。なんだっていうんだろうって思うわたしは、なんなんだろう。ああ。何も変わらないんだなあ、と思う。震災のことを題材にした小説を書いたからって、わたしがひねくれていることに変わりはないのだ。被災地の物語やドキュメンタリーに涙を流すとき、わたしは自分のその涙が本当にきらいだ。どうしたって、自分のこの涙のことを、他者への祈りだとは思えないのだ。

二〇一一年の五月に、まだほとんど手つかずになっている瓦礫の中へ行ったことがある。あのとき、十六歳だったわたしはその光景を、その匂いを前に、息が止まった。瓦礫の山は建物のように大きく、すべて泥の色だった。どこかにまだだれかの、と、思った。涙が勝手に出て、ぼろ、と、頬を転がり落ちた。そのとき（これを見ていない人間がなにを言ってもにせものだ）と思い、同時に（ここに居なかったわたしは、にせものだ）と、確信のように思った。

あれから、じゃ、ねえよ。と思いながら歩き続ける。情緒不安定なのは空腹のせいかもしれないと思い、ミスタードーナツに行く。あたたかいものを食べよう。ミスドの汁そばでしか満たすことのできない感情がある。汁そばは透き通っていてやさしい黄色。緑色の葱しかのっていないのに、完璧な佇まいである。口へ運びながら自分をなだめる。他人の灯籠に目くじらを立てている暇があるなら、自分の灯籠の火を守った方が良い。自分の祈りの灯籠として書いたのがあの小説であれば、わたしはそれを信じるしかないではないか。ふいに今日が両親の結婚記念日であったことを思い出し、ドーナツを買って帰ろうと思う。店内放送で聞こえてきた、何度も聞いたことのある昔の名曲がなんだかやけに気に入ってShazamした。

店を出て、車のドアを開けようとすると、コウ、カウ、カイ、コウ、とまばらな鳴き声が聞こえ、見上げると白鳥の群れだった。ここ最近は、朝も夜も白鳥が飛んでいる。白くぷっくりとしたお腹に、ぴったり揃えた脚が映えて見える。明るくよく晴れているから、白鳥が白いことが夜でもわかる。車を家へ走らせる。車中から見える公園の灯籠の火はすべて消え、人ごみもうそのように無くなっていた。お腹が満たされたからか、たくさんのことを考えたからか、ぐったりと疲れている。帰りの車中ではBee Geesの「How Deep Is Your Love」を流した。さっきミスタードーナツで聞いた曲は、こういうタイトルだったのか。邦題は「愛はきらめきの中に」。邦題のほうが粋なタイトルだ。

明るい夜を白鳥がまっすぐに飛ぶ。矢印のように並んで声を掛け合いながら。わたしは春に白鳥が飛び去るのを眺めるたび、さようなら、と思えばいいのか、いってらっしゃい、と思えばいいのか、いつもわからない。

竹馬とキートン山田

春といえば、竹馬。と思う。わたしはいつも春になるとぼんやり竹馬のことを考える。竹馬といっても竹でできた昔ながらのものではなく、棒がカラフルに塗装されている、鉄やプラスチックでできたものだ。竹馬のことを考えるときいつも思い出すのは小学生の頃の児童館の風景である。小さな体育館のようなホールの床は毎日モップ掛けしていても追いつかないくらい子供たちが走り回るから砂やほこりですこしざらざらしていて、わたしはそれを手で払ってから座り込む。わたしはいつも、ホールの隅で壁に凭れてちびまる子ちゃんのコミックスを読んでいた。ホールにある大きな硝子扉の向こうの庭では、サッカーをする子たちや砂場で集中しながら泥団子を磨く子たちがいて、その奥で桜が散っている。砂の灰色と、雑草の緑色と、桜の花の色がぼんやりと見えるのがとても綺麗だった。ああ、春だなあ。と小学四年生だったわたしは思った。春をすべて詰め込んだような光景だった。わたしはその児童館でどの遊具にも触れることなく、さくらももこを読みながら竹馬に乗る子たちをただ見ていた。その記憶が春の海馬に沁み込んでいるのか、桜の花を見ると竹馬のことを思い出す。俳句をやるようになって、竹馬が冬の季語だと知ってもなお、わたしの中で春と竹馬は切り離せないのだ。

小学校の授業を終えた後、両親が共働きなどの家の子供はみな小学校に隣接した児童館で時間をつぶしていた。児童館には母親と同じくらいの年齢の「先生」と呼ばれる職員が常に三人くらいいて、せわしなく仕事をしていた。児童の数は日によって違ったが、五十人くらいはいたと思う。暴れたい盛りのたくさんの児童が、思い思いの遊具で遊んでいた。視聴覚室と呼ばれる和室では常にピングーかトムとジェリーかジブリ作品かキャスパーのアニメが延々と流れていて、わたしも半分くらいの時間をそこで過ごしたが、活動的なともだちが多かったし、そこでじっとしているのも苦手だったので、本棚にある『ぼのぼの』か『あたしンち』か『ちびまる子ちゃん』を数冊持ち出して、ともだちが遊具で遊ぶそのそばでそれらを読むことが多かった。その頃の児童館では、新しく購入されたことをきっかけに竹馬と一輪車が大流行していた。みな、下校するなり我先にとはや足で児童館へ行っては竹馬を奪い合い、気に入った色を手に入れられない低学年の児童が上級生に取られたと言い泣きじゃくって先生に告げ口をしたりしていた。わたしと仲が良かったリナやマヤも、例に漏れず竹馬にハマった。わたしは二人が着々と竹馬を習得し、足場の高いよりむずかしい竹馬にチャレンジしていくのを、見守ったり、見守らなかったりした。ちびまる子ちゃんを読んでいると、ぼご。と床に重いものが着地する音がして、視線を上げるとマヤが竹馬から落ちたらしくおしりの骨をさすりながら笑っている。「超いたいんですけど」と言いながら笑ってほしそうに笑っているので、だいじょぶかよ、と言いながら曖昧に笑い返す。サッカーのスポーツ少年団に入っている子やバスケの得意な子がたまに「いってえ」と言いながら笑うきもちがわたしにはよくわからなかった。痛いなら、怒ったり泣いたりしたほうがいいと思う。でも、運動ができる子たちはみんなきらきらしていて、痛いとき「いってえ」と言いながら笑う。わたしはそれがうらやましいような気がする日と、うらやましくなんかないと思う日とがあって、その日はちょっとうらやましかった。マヤは「まぢケツ割れそー」と言いリナが「割れてっから」と笑うと満足そうな顔をした。マヤはおしりをぱしぱし払うと、うっし、と声を上げて、ばってんの形に倒れてしまった竹馬をもう一度摑み、また竹馬に乗ろうとした。がんばー。と言って、ちびまる子ちゃんに視線を戻す。はまじが鼻水を流して泣いているページ。はまじは痛いときもくやしいときも割とすぐ泣くのがいいよな。読み進めていると一輪車を乗り回す年下の子が「ぶつかるううう」と絶叫しながら突進してきそうになって、避ける。そういうことは何度かあって、避けきれなくて太ももにタイヤが当たったことがあるから、一輪車にブレーキはない、ということをわたしは乗ったこともないのによく知っている。危ない思いをして漫画を読むならわざわざホールに居なくたってよかったろうに、と今は思う。リナもマヤも、どうしてわたしがそこにいて漫画を読むのを何も言わなかったんだろう。竹馬やろうよ、と言われた記憶はない。ともだちが竹馬の練習をしていたのだから、あのときわたしもリナとマヤと一緒に練習すればよかったのに。春に竹馬のことを思い出すたびに、竹馬に乗れない自分を残念に思う。どうして自分が竹馬に乗りたくなかったのかはきちんと覚えていないがどうせ「みんなが欲しいものを欲しいの、なんかださい」と思っていたのだと思う。自信を持って言える好きなものはないのに、自信を持って言えるきらいなものはたくさんある目つきのわるい小学生だった。

春になると思い浮かべるのはもうひとつ。キートン山田のことだ。「後半へつづく」というちびまる子ちゃんのナレーションでおなじみの、キートン山田。わたしは春になると、ぼんやりとキートン山田のことを考える(キートン山田にはあまりにも敬意と恩義と親しみがあるので、敬称を略して書きたい)。

十八歳、大学進学のために初めて親元を離れてひとり暮らしを始めた日のこと。一通り引っ越し作業が終わり、涙を拭きながら「がんばってね」と車の窓を閉めた母を見送って、たったひとりの部屋でわんわん泣いた。ぜんぜん平気だと思っていたのに、母が泣くのを見たら、噴火するようにさみしくなったのだ。ひとしきり泣いた後、これじゃあいかん、と厨に立ち、親子丼を作って食べた。作りながら、米は研いで炊かないと白飯にならないという当たり前のことを思った。実家では大抵炊飯器を開けば白飯があったが、それは、母が毎晩釜を洗い、米を研ぎ、炊いているからだ。ひとり暮らしとは、米を自分で炊くということなのだな。何しろはじめてのひとり暮らしだから、たったそれだけのことでもしみじみ思う。わたしだけの厨で作って食べる親子丼は、中学時代からの得意料理なだけあってとてもおいしかった。夢中で食べた。おかわりもした。ひとり暮らしとは、親子丼をひとり占めできるということなのだな。俄然、これからの四年間がわくわくして感じられた。そのとき、

「さみしいのではなく、腹が減っていただけである」

と、キートン山田の声がたしかに聞こえたのだった。はっとした。発見だった。そ

れからわたしはひとりで暮らしながら何か失敗したり、さみしくなったりするたびに心の中のキートン山田にナレーションをしてもらっていた。買ったばかりの生卵を落として割れば「特売でも落としてしまえば高くつく」。変な男を好きになってしまえば「男の趣味がよかったためしがない」。悔しくてたまらない夜には「悔しくて死にそうでも、腹は減る」。アルバイトに遅刻しそうになって半泣きで走る最中も「玲音は走る。時給のために」。わたしの心の中でこだまするキートン山田の声は、わたしを俯瞰《ふかん》させ、わたしをまる子にした。励ましの言葉なわけではないのに、キートン山田の声でふがいない自分をナレーションすると、ふしぎと笑えてきて、やれやれと思いながら失敗もすこしだけ許せるような気がするのだった。

　大学四年ごろ、就活中の女同士で散々お酒を飲んで随分酔っぱらったときに、石油王と結婚したら就活しなくていいかなあ。と言い出した者がいて、そこからあっという間に結婚するならどんな人、という話の流れになった。年収がいくらの、とか、顔がどう、とか、そもそも結婚しなくても女の幸せは、とかをぼうっと聞いているうちに順番がまわってきたわたしは「キートン山田みたいな人がいい」と言って、その場を妙な空気にした。「キートン山田ってまる子ちゃんの？」「うん」「おじ専てこと？」「うーん、いや、ちがうけど」「へえ」またこいつは珍妙なことを言い出したぞとろくに取り合ってもらえず話は移っていったが、言葉にしてはじめて（わたしはキートン山田みたいな人と結婚したいのか）と実感し、その夜、妙に真剣なきもちになったのを覚えている。キートン山田みたいな人。わたしの人生における、顔に縦縞の入るような絶望も、くちびるを尖らせたくなるような羨望も、だらしない目で有頂天になるあやうさも、そのすべてを「やれやれ」と言いたそうなやさしい口調や冷静なつっこみでただ伴走してくれる人。こう書いてみるとかなり現実的な気がしてくる。

三月末にキートン山田が最後のナレーションを務める「ちびまる子ちゃん」のアニメ放送を見た。わたしは号泣した。アニメの本編に特別出演したキートン山田の「ありがとう　まるちゃん」という最後の台詞の、なんと愛情のこもったやさしい声だったことか！　特別にキートン山田の迷言集という粋なエンディングにした製作スタッフの、キートン山田への愛の深さがどれだけ深いことか！　あまりに泣くので母が「そんなに？」と笑う。そんなに。母よ。わたしはあなたの知らないところで、キートン山田と同棲していたと言っても過言ではないのだ。キートン山田、わたしのひとり暮らしをずっと支えてくれて本当にありがとう。長い間、お疲れ様でした。あたしや、心の中のあんたの声に、何度救われたことかわからないよ。そう、心の中のキートン山田に伝えるように、ほとんど祈るようなきもちで放送の最後の最後まで見届けた。

春になると、竹馬と、キートン山田のことを考える。竹馬にあっさり乗ることのできる小学生だったら、さくらももこを読まなかったのかもしれない。竹馬に乗れなかったわたしが、竹馬に乗れないままで、また春をひとつ越えようとしている。

傷跡を聞く

「工藤さん、血……」

と、言われた。打ち合わせ相手が何度もこちらの顔を見てくるなあ、と思った直後のことだった。

「血？」

「血。まゆげのところ」

ああっ！　慌てて眉間に右手を当ててるとぬるっとして、げ、と見てみると中指に血がついている。あのときのあれ、傷になっていたんだ！　「すみません」と言いながら慌てて鞄からティッシュを取り出すと、「謝ることないですよ、ただ心配なだけで」と、取引先の方はやさしく言って、直視しては悪いと思ってか、差し出した資料に目を向けてくれている。しばらく仕舞ったままの妙に毛羽立ったポケットティッシュを取り出して眉間に押し当てる。ティッシュに真珠一粒くらいの大きさで血が赤くにじむ。しばらく止血が必要そうだ。眉間にティッシュを当てながら打ち合わせを続行する。さあ、聞いてくれ。この傷がどうしてできたのか。どうして眉間から血を流しているのか、聞いてくれ。祈るように念じてみるが、わたしの作った資料に目を落として、彼はまじめに考えているような顔をしている。気になるだろう、打ち合わせ相手の女が眉間から血を流していたら。眉間にできていた大きめのにきびをがりっと掻いてしまいました、なんてものじゃないんです。ねえ、聞いてくれ、頼む。お願い。しかしついに彼は、無事に止血出来てからも、打ち合わせを終えて彼の会社の玄関へ出てからも「どうしたんですか、その傷」と聞いてくれることは無かった。

仕事を終えて帰宅し、お風呂上がりに化粧水をつけていると、眉間がぴりっと痛む。ああ、そういえば今日眉間に切り傷がはいったのだったと思い出す。鏡に近づいてよく見てみると、右眉の眉頭に一センチほどの、「,」のような傷がくっきりとはいっている。おそるおそる傷口を撫でる。すっかりかさぶたになっているから、明日は眉間から血を流して打ち合わせ相手を驚かせるようなことはないだろう。しかし、このまま傷跡になって残ってしまったらいやだなあ。毎朝眉間にコンシーラーをぐりぐりあてなきゃいけなくなるんだろうか。それにしても。はあ、と、ああ、が混ざって「なト」という音のため息が出る。あまりにもくだらない傷跡だ。

職場のデスクは、コルクボードのようなパーテーションでひとりひとり仕切られている。そのパーテーションに、五月のカレンダーを貼りたいと思ったのだ。いつもは画鋲で留めているのだが、わたしは「硬いものに画鋲を押し込む」ときの、あの、針を無理やりに押し込む感覚がどうも苦手だった。力の込め方が悪いのか、針が曲がったり、うまく刺さらないまま落ちてしまったり、いつも異常に時間がかかる。画鋲じゃない方法はないか。と思い、コルクボードごとカレンダーを大きなダブルクリップで挟み込んでしまおう、とひらめいたのだった。打ち合わせの時間が迫ってきて慌てていたので楽をしようと思った、というのもある。ちょうど、別の資料のために使い終えた、全長が十センチほどある金属製の黒くて大きなダブルクリップがあった。しめしめ。デスクチェアから立ち上がってダブルクリップをめいっぱい開き、コルクボードを無理矢理に挟み込む。ダブルクリップが悲鳴を上げているのがわかったが、全身の力を込めて画鋲を押し込むよりはずっとましだと思った。左右に揺らしながらめりめりとコルクボードとカレンダーを噛ませる。ダブルクリップの中ほどまでしか進まなかったが、固定されたような感じがあったので、これで良し、と思い、手を離した。おお。画鋲でやるより断然簡単ではないか、と、コルクボードに留められたカレンダーを眺めたその瞬間だった。黒い球がものすごい速さで視界を覆い、がち！　と鋭い音がして、眉間に痛みが走った。驚いて「うあっ」と声を上げて、のけ反ってデスクチェアに座り込む。頭の中にたくさんのはてなマークが浮かぶ中で机の上にさっき留めたはずのダブルクリップが見えて、わたしはようやく、厚みに耐えかねたダブルクリップがはじけ飛んで、それがわたしの目元を目がけて飛んできたのだと理解した。眼鏡をかけていなかったら危なかった。眼球に直撃していたらちょっと笑い事では済まされないほどの怪我になっていた、そのくらいの速さ、強さだった。楽してコルクボードを挟み込もうとして無茶してはじけ飛んだダブルクリップで怪我。ださすぎる。恥ずかしくて耳が赤くなってくるのがわかる。今すぐだれかに、きいてくださいよお、と、情けない自慢をしたかったのだが、周囲はみな忙しそうで、だれもその一部始終を目撃していなかったようなのであきらめた。総務のお姉さんにヘラヘラ笑いながら言いに行こう、と思ったところでもう会社を出なければいけない時間を過ぎていることに気が付いて、慌てて打ち合わせ先へ向かった。まさか切り傷になっているとは思わなかったので、眼鏡に傷がないかはすぐに確かめたのに、自分の顔に傷がついたかどうかは確認しそびれたままだった。そのまま慌ただしく打ち合わせやらなにやらと働いて、だれにも言えず退勤してしまった。聞いてほしかったのになあ、と、一日の終わりに、まだそう思っている。そうだ、あの彼だ。どうして血が出ていることを指摘したついでに、聞いてくれなかったのだろう。くだらない傷だからこそ聞いてほしかった。聞いてもらえたらわたしはきっとよろこんで、いやあ、ほんとうにしょうもないことなんですよ、と話し出すことができたし、きっと彼を笑わせることもできたのに。一人でこの傷を抱えることによって、ほんとうにちっぽけでくだらないミスをした実感だけが残るのはいやなのだ。

自分が「聞いてほしい」と思っているから、傷跡のある他人にもすぐにその傷の理由を聞いてしまう。会った人が絆創膏や湿布や包帯をしていると「あらどうしたんですかそれ」と、すぐに聞く。古傷らしき跡を「昔ちょっと……」と照れ笑いしながら隠そうとされたりするときも、すぐに聞く。すぐに、というのがわたしなりの配慮で、あまりなんどもじろじろ見てからだと、満を持していてちょっといやな感じがすると思う。それから、万が一少しでも言い淀まれたらすぐにその先を言わなくてもいいという意思表明をするし、謝る。わたしも二十六歳になって、世の中のみんながみんな、自分の傷に対して「せっかくできた傷なんだから笑ってもらいたい」と、思っているとは限らないと知っている。うっかり尋ねた傷の理由がその人にとって致命的で、とても重くて深い、かんたんに開けてはいけない箱の中の出来事と紐づいていることだってある。それでも、である。気さくに語られる傷は、わたしのようにわりとひょうきんな人間が「笑ってほしい」と思っている傷か、熊に噛まれた（のに、「熊と戦ったんだ」と自慢げに言ったりする）おじさんがわざわざ見せてくる「勇士の古傷」ばかりであるような気がする。傷について気さくに聞くと、意外と皆、照れつつも教えてくれることが多い。ホットサンドメーカーでパンと一緒にやけどしちゃった。マッサージのために父親の背中に乗っていたらバランスを崩して足の指を折った。実は持病があってその手術の古傷だ。死んじゃおって思ったことがあって自分でやった。たまにそういうことありますよねえと笑って話すことから、そうだったんですか、と静かに頷くことまでいろいろあるが、案外、「聞かなきゃよかった」と後悔することはない。聞かせてくださってありがとうございます、と思うことばかりだ。問われてはじめて傷について語るとき、不思議にもみな口をそろえて「ぜんぜんおもしろくないくだらない話ですけど」とか「そんなたいしたことない傷で」と、言う。ビジネスマンとしての社交的な謙遜もあるのだろうが、わたしにはどうしてもその遠慮が「語っても良いほんとうの傷」かどうか自分でジャッジした結果のように思えて心苦しくなる。わたしはおもしろい話を聞きたいと思って、秘密を打ち明けてほしいと思って、傷のことを聞いているわけではない。けれど、話し出す人はみなそれを期待されているかのように謙遜する。傷にまつわるエピソードはべつにおもしろくなくていいし、傷はかならずしも重傷でなくていい。わたしはただ、いま会話しているあなたに興味があって、その日常になにか変化があったなら、よかったらそれを聞かせてほしいのだ。それなのに「話す価値」があるかどうか、身構えている人のなんと多いことだろう。ただでさえ物理的に傷ができて大なり小なりこころがめそめそしているはずなのに、その傷までだれかと比べて遠慮しなくていいのに。傷について打ち明けてくれた人はみな、やれやれ、と言いながらもすこしほっとした顔をする。その顔のほころびるところが、わたしは好きだ。だから、無理にとは言わないけど、今日食べたお昼ご飯や、見かけた犬のことや、買おうと思っているソファのこととおなじように、その傷の話を聞かせてほしい。その傷に対してどうこう言うつもりはないから、よかったら、もし、言い出すほどじゃないけれど聞いてほしいなら、話してほしい。そう思いながら聞くようにしている。だれだって一日一日はたいしておもしろくないし、たいして深刻でもない。しかしその日常が些細な(あるいは重大な)エラーを起こして切り付けてきたものが傷跡になる。語ることができなかった傷は、時折、語ることができなかったという理由で痛み続けることもあるだろうから。

バックスペースキーが取れた

バックスペースキーが取れた。わたしはバックスペースキーが取れたまま会社のメールを打っている。

二月ごろだったろうか。書類を作成するためにバックスペースキーを押そうとしたら、指先にあさりの砂を嚙んだ時のような、ぎょり、という違和感があった。おや、とはめ込もうとしたら、取れた。慌てて直そうとしてみたものの、なんともうまくいかない。バックスペースキーがあった場所には白い半透明のシリコンが綿棒の先くらいの突起になって乳首のように備わっていて、仕方なしにそれを押してやり過ごしている。キーのあった部分に厚紙を嚙ませたりマスキングテープで覆ったりしてみたが、強く押し込まなければ反応しなかったり、すぐに取れてしまったりしてどれもうまくいかない。(バックスペースキーは中指に突起が食い込むもの)と脳が認識してしまうほど、しばらくの間そのまま使っている。失ってはじめて気がついたが、どうやらわたしはかなりの頻度でバックスペースキーを使っている。タイピング自体はそれなりに速いが、ものすごい速さで打ち込んで、ものすごい速さで間違って、ものすごい速さで消していたのだ。バックスペースキーの大切さを思い知る。職場のわたしの机の一角には、はにわの形のかわいい指サック、鳩サブレーのマグネット、ばいきんまんの貯金箱、間抜けな顔のうさぎの陶器のペーパーウエイトなどがこちゃっと置かれる神棚のような場所がある。取れてしまったバックスペースキーはその神棚の真ん中に捧げるようにして置いた。小さく四角いバックスペースキー。群を離れてひとりぼっちでかわいそうで、それはどことなく、抜けた乳歯のようにいとおしかった。

新年度になって、職場にパソコンさんが来た。パソコンさんとはわたしがこころの中でそう呼んでいるだけである。パソコンさんは職場のパソコンや印刷機の不具合があったときだけ来てくれる会社の担当者で、きょうは新年度のあいさつを兼ねてなにか不具合がないか確認をしに来たのだという。パソコンさんは三十代後半くらいの男性で、細身で、黒縁の眼鏡をかけていて、常時、うっすら困ったような顔をしている。ひとしきり打ち合わせを終えたパソコンさんは、帰り支度をしながら少し大きな声で、

「皆さんのパソコンで何かお困りごとはありませんかあ」

と言った。わたしがすかさず立ち上がって、

「バックスペースキー、取れちゃいました」

と言うと、パソコンさんは（えー）っていまぜったい思ったでしょ、という顔になった。パソコンさんがわたしの机まで来て「取れちゃいましたか」と言うので、「取れちゃいました、いま、後戻りできない日々を過ごしています」とおどけたが、ちっとも笑ってもらえなかった。キーが取れることはまあまあよくあるトラブルのようで、爪をここにひっかけてかちっとすれば直ります、とだけ言われた。かちっと、と言うとき、パソコンさんは右手のひらをバックスペースキーとして、左手の指をひっかける爪として説明をしてくれた。そんなに簡単ならいま直してくれ、と思ったが、あまりにも簡単に直るような言い方だったので、たすかります、とだけ答える。「すぐ後戻りできると思います」と笑っても、やはりパソコンさんは笑い返してくれなかった。その後自分で何度かやってみたがうまくいかなかった。何度も音を立てるわたしを見かねた部長が手伝ってくれて、そうしたらあっさりとはまった。「これで思う存分後戻りできます」と言うと部長のほうは笑ってくれた。ほっとして、メールを返す作業を続けていると、二通目を送ったところでまた、ぎょり、となった。うそでし

のだ、と思ったが、やはりまた取れた。直してもらってから三分も経っていなかったので申し訳なくて言い出せず、結局またバックスペースキーのない生活を続けている。中指にシリコンの突起が突き刺さるたびに、後戻りができない……と思っている。

先日、初めて田植えをした。父方も母方も祖父母が農家であり、その孫にもかかわらずわたしは田んぼに入ったことがない。父方の祖父が亡くなって祖母の体調がすこし悪いというので、母とわたしが手伝いに行くことになった。ヤッケを着て、サンバイザーをかぶり、首にはタオルを巻き、腕カバーをはめ、手袋をつけて、長靴を履く。宇宙服っぽい。すべて祖母から借りたものだから当たり前ではあるが、大きな窓に映る自分の姿は祖母にそっくりでとても似合っていた。五月下旬のその日はぐずついた天気だったが、暑すぎず風も強くないきょうのような日は田植えに最適なのだと祖母が教えてくれた。フル装備でやる気に満ち溢れるわたしを見て祖母は「申し訳ない、かわいそうに」と何度も言った。わたしにとっては数時間のことでも、祖母にとって米作りは人生じゅう行っているたいへんな労働なのだ。母が「この人はやりたくて来てるから大丈夫大丈夫」と言って、わたしも「そう！　わたしに田植えを教えて」と元気に言った。

曇天だが、草の青いにおいがして風が涼しい。強烈な蛙の声が分厚く響いて聞こえる。わたしたちが行うのは「植えなおし」。機械が苗を植えた後の田には、どうしても機械では植えきれなかったところが残る。そこに直接入って手植えするのだ。膝が隠れるほどの長靴を履かせてもらうと祖母はまた「大変なことさせられてかわいそうに」と言ったが、わたしがうれしそうなのを見ると、ようやく「入《へえ》って足《あす》ぁ沈んでも、慌てねえで、足《あす》の先っちょをあげる。そうすれ《せば》ば、足《あす》の下《すた》さ水入《へえ》って、つうーっ、と勝手に浮いてくるからな。さーあて、すてんっと転んで長靴に水入れる《きやっぱりする》なよお！」と笑った。

　右足を水の張った田に差し込む。思ったよりもずっと深く、ぬぬぬぬぬ、と、勝手に沈んでいく。慌てて追いかけるように左足を差し込むと、こちらもあっという間に呑み込まれてしまう。長靴ぎりぎりの水面まで埋まると、本当に身動きが取れない。無理に動くと長靴だけが泥の中に残されたまま抜けてしまいそうで、左右に動かそうにも泥が重たすぎる。腕を振り回しても、摑むものは何もない。たった二歩、まだ畔《あぜ》から一メートルも離れていない場所でへっぴり腰になったまま「た、たすけて」と言うと、祖母は「ほれ、どした！」と笑ってから、「足《あす》の先っちょ」とまた教えてくれた。こわごわと右足のつま先を上に向けるよう力を加えると、つうーっ、と、すぐに軽くなった。するとかかとまで浮き、右足が三歩目を踏み出せた。「こうか！」うれしくて振り向くと、祖母は「そんだ！」と笑った。数歩進み、親指と人差し指と中指で摑んだ苗を泥へ差し込む。泥は柔らかく、どこまで差し込んでいいものかわからない。「どこまで深く植えればいいの！」と屈みながら振り返ると祖母は「いい塩梅《あんべ》！」と言ってまた笑った。困る。ぜんぜんわからない。そのうえ、屈みながらだと余計に足を動かしにくいのだ。五束ほど植えたところで、祖母がしびれを切らしたのか「もう十分でしょ、交代《いかべ》」と言うので、わたしの田んぼ入りは本当にあっけなく、都会の人がやるような農業体験ツアーよりもあっさり終わってしまった。体調がわるそうな祖母に結局重労働をさせることになってしまい不甲斐ない。それからわたしは畔に座り、苗箱からびっちり根の詰まった苗を取り外して早苗籠を持つ祖母と母のところへ届けに行く役割を任せられた。一つの苗箱には三百近くの根が入っていて、それを指で摘まんで外す作業を、苗箱六箱分ほど行う。祖母は畔を渡ってあっという間に田の向こう端にたどり着き、機械が植えそこねて苗が足りないところにさくさくと植え足しながらまっすぐこちらへ近づいてくる。慌てて引き抜いた苗を集めてバケツに入れて持っていく。祖母は受け取った苗を早苗籠に入れながら「れえちゃん、苗抜くのもたいへんだべ」と言う。ぬかるみをすいすい進み、つど屈む祖母の方がたいへんに決まっている。これだけの深さのところをなぜこんなに速く進めるのだろう。「プロだねえ！」と感嘆すると「プロでねえよ」と植えながら祖母はまた進んだ。そうだ、田植えって後ろに進むものだと思っていた。こんなに力強く前に進むものなのか。わたしは感動してしまって、からっぽのバケツを持ったまま祖母がどんどん前に進むのを見ていた。戻らない季節、伸びていくばかりの稲、どんどん進んでいく夏の中で、ひとつひとつ苗を植えていくさまはとてもかっこよかった。

田植えを終えて、祖母は大きなキウイを剝いたものを出してくれた。

「ねえ、おばあちゃん。田植えって前に進むんだね」祖母は、何を言っているのかわからない、という顔をしてから、

「べつに前だけでねえよ。後ろ向きで植えることもあるべじゃ、どっちだって植えられるよ。かーっ！」

すっぺ！　キウイの酸味に目をぎゅっと閉じて、口を小さくむすんで、両手を顔の前でぷるぷる震わせて、祖母は全力ですっぱい顔をした。祖母はおばあちゃんなので、顔じゅうの皺がぎゅっと詰まってほんとうにくちゃっとした顔になるから、かわいらしくて笑ってしまう。後戻りしないなんてかっこいいね、と言おうとしていたのをやめる。ああ、わたしはいい加減なんでも比喩だと思うな。苗を植え、実ればそれ

でいいのだから。

うどんオーケストラ

起きたら夜の一時だった。雨と風の音。窓が開いている。閉めようとは思わない。雨音も、網戸から漏れてくる雨粒も好きだから。あかるい。デスクライトをつけっぱなしで寝てしまっていた。消そうとは思わない。起き上がって手を伸ばす気力はなかった。なにも羽織らず半そでのTシャツで寝ていたので二の腕がわらびもちのように冷えている。掛け布団をかき抱きながら、ああ、と声が出る。寝ていた。まただ。この頃二十一時をすぎるころには寝てしまう。やることがたくさんあるのに眠ってしまうと、その時間でできたはずのことに思いを馳《は》せてくやしくなってしまうが、寝ていなかったとしても、やることができていたとは限らない。枕元をまさぐり、iPhoneを掴むとiPhoneはひかる。あかるい。「1：08　7月12日月曜日」と表示される。いちまるはち。煩悩の数……。MessengerとＬＩＮＥに通知が七件ずつ。未読になっていたメッセージから察するに、二十一時になる前には眠っていたようだ。謹呈本が届いたという連絡、会社の仕事の連絡、「この写真やばいよ」というおなじアイドルが好きな友人からの連絡、どんなサコッシュを買ったらいいかと言うのでいくつかURLを送った彼氏からの「郵便屋さんみたい」という連絡。謹呈本の連絡へだけ返信をして、おそるおそる執筆用のメールボックスを確認する。連載の締め切りを過ぎているので、確認か催促の連絡が来ているのではないかと思ったが、来ていなかった。そうだ、遅くなってもいいから出すだけは出そうと思ったのに、暗い日記のようなものしか書けそうになく、ふてくされてブロック崩しのゲームをしはじめたら眠ってしまったのだ。

どこでもいつでも寝られると自称するほど睡眠で悩んだことのないわたしが、芥川賞候補になってはじめて、眠れない、寝ても悪夢を見る、という状況になった。ストレスが溜まれば溜まるほどたくさん寝る人間だと思っていたので、眠れない、ということへの対処法がわからず、様々やってみた結果、一番効果があるのがブロック崩しのアプリゲームだった。ブロック崩しは無心でできるので良い。はじめるとものの十五分で眠りに落ちた。アプリはすべて英語表記でチュートリアルがよくわからなかったうえ、質の良いアプリではないので逐一ほかのアプリゲームの広告が入る。そのうちはまってしまい、昼間もSNSを見ていた時間に淡々とこなしているうちにレベルは三百を超えた。一つクリアするごとに、ピンを引き抜いて人間をサメから守る頭脳ゲームや、パズルで熊のキャラクターを助けるゲームや、ひょうきんそうな王様が「SAVE ME!」と叫びつつ溺死しそうになっているのをこれまたパズルで助けるゲームなどの広告が差し込まれる。この世にはいのちをサバイブさせるためのアプリゲームしかないのか？　と妙な気持ちに毎度なるが、ゲームというものはそもそもなにかしらのサバイブをするものなのかもしれない。幼少期からゲームにはいまいちハマることができず、少し熱中しては（……それがわたしにとってなんだというのだろう）と思ってしまう性格だった。たまごっちはうんちまみれで病気になって死んでしまい、ハムスターの育成ゲームではハムスターに十円はげができ、どうぶつの森では木の実をとるために木をゆらしまくっていたら蜂に刺されて、わたしの操作するキャラクターがお岩さんのような顔になってしまいげんなりした。このゲームをクリアしたところで実生活のわたしのレベルが上がるわけではない。ずっとむかしから、ゲームよりも実際の人生のほうがわたしにとって興味深いものだったのかもしれない。そのわたしが、人生に向き合うのがこわくなってこんなにくだらないゲームでレベル三百を超えている。

しばらくiPhoneを触っていたら、突然ずきずきと後頭部が痛み始める。ここ数日なぞの頭痛がある。ずっと痛いのではなく、気まぐれに頭蓋を締め付けられるような痛みが来る。頭痛薬、飲むか。化粧を落とさず寝てしまい顔も脂ぎっているし、顔も洗うか。ようやく起き上がり、隣の部屋の両親を起こさないよう、電気をつけず盗人のように一階へ降りる。歯を磨き、化粧を落とし、洗顔をしていると嗚咽《おえつ》が聞こえてきて、だれかと思ったら自分の嗚咽なのだった。しんどいのか。わたしは泡を顔になすりつけながら、泣いた。候補入りしてから様々な人に掛けられる様々な声がすべて重荷だった。発表の翌日から「先生」と呼ばれたり、「作家先生になっちゃって、もう気軽に話しかけられなくなっちゃうよ」と言われたりするとき、それでもまだわたしは自分が作家なのかわからなかった。期待しています、吉報を待っています、と言われるとき、このひとたちはきっと、取れなかったら「残念でしたね」と言うのだろうと思うと、その勝手さに、頭が沸騰しそうなほど腹が立った。「これで全国区だね」と言われるが、わたしは全国に流通している雑誌に、一昨年から連載をしていた。芥川賞がなんだってのさ。候補になる前からわたしはとっくに特別だったのに。わたしはみんなの宝くじではない。どのみちぜんぶ当たりのあみだくじなのに、わたしのゆく道を勝手に実況したり解説したり感慨深くなったりしないでほしい。わたしはたしかにずっと、特別になりたかった。特別になりたいとどこかで思っていたからこそ、様々なものがうらやましくて、妬ましくて、いろんな文句を言いながら日記を書き続けていた。でも、そのときのわたしだって、いや、むしろあのときの三角の目のわたしこそが十分に特別だったのだ。そう思ったら涙が止まらなかった。わたしは、作家になりたいと思ったことがない。何になりたいのかわからず、それなのにひたすら「負けてたまるか」と思っていた。いま、自分自身のことが憎い。こういうときにどっしりと構えられず、右往左往して、折角声を掛けてくれる人に怒りだそうとしている自分のことが不甲斐ない。不甲斐ない、と思うとますます泣けてきた。顔を洗いながら目を閉じて泣き、その瞼の中の瞳で想ったのは、なぜか昼に食べたうどん屋の看板のことだった。田んぼの中にあるそのうどん屋は、わたしが人生でいちばんおいしいと思ったうどんを出すお店で、とても背の高い白いポールの先端に、とても大きな四角い白塗りの板があって、そこに黒い文字で「うどん」とだけ書いてある。店自体は居抜きのような雰囲気があり、古く、壁紙なども所々剝げている。うどんは並が三百円で、代金は自己申告の後払い。こしがあり、嚙みしめるごとに麵のうまみがあり、だし醬油と柚子の果汁がのけぞるほどにおいしい。初めてそこに行った帰り、その看板のシンプルさに心底惚れた。うどん、としか書いていない看板のうどんが、驚くほどうまく、安く、後払いであるということが途方に暮れるほどクールだと思った。行くたびに看板の写真を撮っては、わたしもこうでありたいものだ、と思わされた。うどん屋のことを想うと、涙が引いた。あのようにしていればよいのだ。と思った。わたしの尊敬するうどん屋が「うどん」だけ名乗ってつべこべ言わず淡々とうまいうどんを出す。それならわたしは「作家」と名乗り、淡々と書けばいい。書くことがすきだということにだけは自信がある。それに、芥川賞の結果が出てしまったら、もう、結果が出る前のきもちのことは書けない。悩むより書こう。書きながら悩めばいい。

顔をぬるま湯で流す。お茶を飲もうと冷蔵庫を開けると、白くまぶしい。また、うっ、と泣けてくる。冷蔵庫はいつ開けてもあかるくまぶしくひえひえでえらい。もうなんにでも感動してしまうモードだ。前に、東京から高速バスで仙台に帰る途中の福島県のサービスエリアでも、ひとりで桃のソフトクリームを買って食べて、桃のソフトクリームはあまくてつめたくて桃の味がしてえらい……と泣きそうになったことがある。彼女がいる男をすきになってしまい、だめだとわかっていて会いに行った帰りのことだった。そのあと、就活や失恋の憎しみを糧に『わたしを空腹にしないほうがいい』を書いた。そういうことを思い出しながら麦茶で頭痛薬を飲み、ついでに冷やしてあったパックをした。しょっちゅう化粧を落とさずに寝ては、冷やしたパックで相殺《そうさい》した気になっている。パックのまま眼鏡をかけて自室に戻り、机の上の書類や手紙やゲラを腕で押しやるようにして隙間をつくり、パソコンを開く。ぐちゃぐちゃのデスクトップからＷｏｒｄを探し出してまっさらなページを開く。思い立って久しぶりにオイルランプにマッチで火を灯す。このランプは学生時代に動画づくりに命を燃やす腐れ縁の幼馴染とお揃いにしてプレゼントしたもので、安物だがかたちが気に入っている。引っ越しのときに笠を割ってしまったが、そのほうがかっこいいような気もして、あぶないのに欠けてひび割れのまま使っている。人生がわからなくなるたびに灯す火であり、わからないふりをして、もう答えがわかっているときに灯す火である。高校時代に文章を書くときに聴いていた、東京都交響楽団が演奏するボロディンの「中央アジアの草原にて」を流す。クラシックはこれしか聴いたことがないが、高校生だったときこの曲を聴いて「こういう作品を書いてみたい」と思った。壮大で厳かで重厚で凜としていた。聴きながら書けば気配を借りられるような気がして、それからしばらく書くときはこれを聴いていた。未だ、そういう作品は書けたことがないと思う。わたしはまだまだなりたい姿になっていない。わたしは作家になりたいんじゃない。うどんの看板みたいに単純で、このオーケストラみたいに壮大な人間になりたい。なりたいから、これからなろうと思う。

光っているとほしくなる

幼稚園児だったころの記憶がいくつかある。いくつかあるのだが、おそらくその記憶は両親からしたら「どうしてそっちを」と思うような、大したことのない瞬間ばかりだ。両親は骨を折りながら、第一子であったわたしのことを様々な場所に連れて行ったり、季節の行事のよろこびを教えようとしたりして、たくさんのことに興味を持つ子に育てたいと苦労したと思う。それなのにわたしが覚えているのはハウステンボスのチューリップ畑でも、ケーキを作ってもらったクリスマス会でもない。幼稚園に突然やってきた謎の「おにぎりマン」の奇妙な目のつきかたや、運動会でやらされたパラバルーン（大きな布を大人数で持ってくらげや風船のように動かすお遊戯）の布の中にくるまったときのカラフルな景色や、蟻の巣に素足の親指を入れてひどい目に遭ったことなどである。その記憶のひとつに、水色の石のことがある。

わたしはその水色の石を拾って（これはダイヤモンドだ）と幼心に思った。どうしよう、こんなに貴重なものを拾ってしまって、とまで思った。たしかそれは駐車場や住宅地の道路のような場所だったと思う。水色の石は、石と言うより粒だった。大豆ひと粒ほどの大きさをしていて、半透明の水色だった。雑草の小さな茂みの中でほかの砂利に紛れてきらっと光ったような気がして立ち止まった。母と歩いているときだった。ダイヤモンド、と思って、摘まみ上げて「ダイヤモンド」と母に見せると母が眉をひそめて何か言ったのを覚えている。プラスチックでしょう、とか、ばっちいからだめよ、とか、そういう事ではないかと思う。しかし母は自宅の水道でそれを洗ってくれて、わたしは小さな宝物箱の中にそれを仕舞っておいてときどき眺めた。ダイヤモンドではないのかもしれないとは、なんとなく気づいていた。水色の石を人差し指と親指でぐにぐにするとこころが安らいだ。触り飽きると太陽に透かして眺めた。ソーダグミのようにも見える。わたしは水色の石を通して太陽の光を見ていたのであって、石自体が光っていたわけではなかったし、光る石ではないということもわかっていた。けれどもわたしにとってはそのほんのり水色をした石粒がとても特別に見えて、特別だったから光って見えた。もしかしたらあれは何かの部品のかけらのようなものだったのかもしれない。ガラスではなく、おそらくプラスチックかゴムかシリコンか、すこし弾力のある素材のものだったと思う。わたしは家で眺めるだけでは満足せず、出掛けるときもポケットに入れて持ち歩くようになった。歩きながらポケットの中に手を入れて、水色の石をぐにぐにに触るのがすきだった。それで、失くした。拾ってから失くすまでにどれほどの時間が経ったのか、どうして失くしたのか、失くしたときわたしは泣いたのか、母は何と言ったのか、全く覚えていない。水色の石をとにかく気に入っていたことと、失くしてしまったことだけを、もう何度も思い出している。

それで、と言うほどの因果があるのか自分でもわからないが、わたしは小学校、中学校、高校と学生生活を送るなかで光るものへの興味が極端に薄い子だった。薄い、というか、苦手ですらあった。たとえば小学生のときは文具ひとつとっても何らかのラメが入っている商品ばかりが売られていた。鉛筆キャップも、筆箱も、定規も、けしゴムまでラメが入っていた。わたしは文具屋でなるべくぎらぎらしていないものを選んだ。そうなるとピンク色や水色といった人気のものにはほとんどラメが入っていたので、コカ・コーラやお菓子のカールのパロディだったり、ジーンズ生地だったり、スニーカーを模した形のものだったり、ちょっとひょうきんなものを選ぶしかなく、そういうものを選び続けているうちに「へんなやつ」がすきになっていった。運動会が近づくと、クラスメイトは宇宙のようにきらきらしたラインの入っている運動靴をこぞって履き始めたが、わたしはそういった靴にも興味がなかった。おまけにアニメもすきではなくキャラクターものに興味がなかったので、祖母がおジャ魔女どれみかなにかの蓄光の夜光るパジャマを買い与えてくれようとしたときは全力で拒否した。いらない上に知らないのだ。祖母は大きな厚意を踏みにじられたことがよっぽど癪だったらしく、しばらく機嫌が悪かった。きらきらしたものをほしいと思わなかった。そのきもちは、きらきらしていないものを選び続けながら思春期を過ごすうちに、次第に「きらきらしたものは自分に似合わない」「きらきらしたものを身に着けられる奴と自分は違う」という意識に屈曲した。たくさんのものを妬みながらでないと自分が保てない中高時代を過ごした。

しかし、高校時代に俳句と出会ったことは、かっこいい老人たちとの出会いそのものだった。湯婆婆のような大きなブローチや、琥珀の指輪、赤珊瑚の耳飾り。彼女たちの身に着けるものにあこがれた。季語を知り、川面のきらめき、おにやんまの緑色に反射する眼のうつくしさ、風にも色や名前があることを覚えると、自然のきらめきにわたしはうっとりした。そうして大学に入学して短歌会に所属するようになると、感情にも光があるように感じ始めた。振られた男性が酔いながら話す焦がれた相手のこと、防波堤に寝転びながら話す（今思えばまったく具体的ではない）人生のこと。たくさん話してたくさん聞き、たくさん見てたくさん触った大学生活のなかで、気が付くとわたしは「光るもの」自体のことは、きらいではなくなっていた。それでも、大学の同期が次第に話題にし始める百貨店の化粧品のことや、アクセサリーのことにはあまり興味がなかった。いや。ほんとうは興味がなかったのではなく、興味があったけれど、こわくて手が出せなかったのだ。垢ぬけ方がちっともわからず、あこがれた老婦人たちに「育ちの良い子」に見られようとふるまっていたせいで、クラシックではあるのだが、言ってしまえばおばさんくさく、いまっぽくないお洒落だった。

これと、これと、これをください、と言うと「あら、既にお調べいただいて！　お化粧がお好きなんですね」と母くらいの年齢の美容部員さんが言うので慌てて手と首をぶんぶん振った。社会人四年目になったわたしは百貨店の化粧品コーナーに背中をちいさくして座っていた。

盛岡でようやくとても気軽に話せる美容師さんが見つかった。わたしがどれだけ美容や化粧に疎くても嘲笑わず、しかし上手にばかにしてくれるお姉さんで、楓《かえで》さんと言う。とても居心地がいいので、思い切ってトークイベントの時は毎回必ずヘアメイクをお願いするようになった。一時間と少し座っていると鏡に映る自分がみるみる垢ぬけていくのがわかる。終わって、おお、と声を出すたびに楓さんは「かわいくできました」と笑う。次第に少しでも自分でできるようになりたいという意欲が湧き、楓さんの私物の基礎化粧品をリストアップしてもらって、それを徐々に揃えることにした。とりあえず下地だけあれば間に合うよ、と楓さんは言うので下地を買うつもりだったのだが、やはり美容部員さんは次から次へと化粧落としやら乳液やらを持ってきて、わたしの手の甲にぱたぱたとコットンをはたいて、ほらあ、などと言う。ほらあ、と言われてもいまいちわからないし、それよりも指の毛を剃ってくるべきだったと思ってみるみる恥ずかしくなる。ほらあ、じゃないんです、帰らせてください。とも言えず、きょうはいいです、きょうはいいです、を笑顔で繰り返す。下地のお会計のために美容部員さんがようやくわたしのそばを離れてほっとする。落ち着いて周りを見わたすと、売り場の一角に置かれたコンパクトが目に入った。様々なかたちの銀色の結晶をとじこめたようなコンパクトケースで、それはとても光っていた。見つけてしまった、となぜか思った。どうしよう、こんなに貴重なものを見つけてしまって。と思った。わたしは導かれるように座らされていた席から立ち上がり、コンパクトを手に取った。手のひらの上でくるり、と回すと、大小の銀色の結晶は競い合うように光を跳ね返した。その光は決して派手ではなく、しかし、自らの光を誇っているような上品さがあった。

「あらっ、見つけちゃいましたかあ」

後ろから声がしてびくりとからだが跳ねる。会計を終えた美容部員さんが満面の笑みで近づいてくる。わたしは身構えながら、これは、ファンデーションですか、と聞く。

「光るでしょう、光っていると、ほしくなるでしょう」

と、美容部員さんは言って、そのあと「ファンデです」と付け足した。

「光っていると、ほしくなりますね」

吸い込まれるようにしてわたしはそのコンパクトを買った。完全に予算外の出費だったが（だって、光っているんだもの）と思った。光っていると、ほしくなる。いままでほしくなかったぶんの光を、これからほしくなるような気がしてくる。毎朝化粧をするたびにコンパクトが朝陽を奪うようにまぶしく光る。

あっちむいてホイがきらい

先日自宅から仕事でZoomをしていたら、大きな声であっちむいてホイをする声が聞こえてきた。打ち合わせ先の男性が「あれ？　お子さんですか？」と言うので「いえ、独身なので。うち公園が近くて。全力であっちむいてホイをしているようです」と答える。咄嗟に出た「いえ、独身なので」は別に言わなくてよかったなと思う。独身だからなんなのだ。独身だからなんなのだ、と日ごろから思いすぎてこういう時すぐにファイティングポーズになってしまう。

「あっちむいてホイか、いいですね。ぼく、強いんですよあっちむいてホイ」

「わあ、わたしあっちむいてホイきらいです」

「あっちむいてホイにすきとかきらいとかありますか」

「あるでしょう！　わたし指差されたほう向いちゃってすぐ負けるんですよ」

「あっちむいてホイがきらいなんじゃなくて負けるのがきらいなんじゃないですか」

「そうかもしれないです」

恙《つつが》なく終わった打ち合わせの最後に「秋ですね、柿の季節」と彼は言った。「柿すきなんですか」「柿はねろねろしていてきらいです、梨がすきです」「じゃあ梨の季節じゃないですか」。へんなやつ。しかし仕事をしていると自分が好ましいと思うへんなやつに出会える機会はあまりないのでうれしい。Ｚｏｏｍを向こうが先に切ると画面にはよそゆきの自分の顔が映し出される。なんとなくにこりと微笑んでから切る。開けていた窓から入ってくる風がつめたい。たしかにもう秋らしくなってきた。差し込んでくる木漏れ日を浴びながら窓を閉める。


大学四年の夕方、わたしはとても大きな品種の梨を大切に冷蔵庫に仕舞っていた。ひとり暮らし用のちいさな冷蔵庫の中で梨は余計に大きくみえた。夜でも朝でもいい、とにかくこの梨を剝いてあげよう、と意気込んでいた。男が泊まりに来る。しかも、まだ一度しか会ったことのない男が。わたしの頭の中は完全にパレードになっていた。大きな旗を振り、玉乗りをし、紙吹雪が飛び交い、ラッパが鳴った。もうだめだった。わたしは数日間彼のことしか考えられなかった。絶対に彼はわたしに好意がある。なぜなら初手で「泊まってもいいですか」と聞かれたからだ。

彼とはインターネットで出会った。二歳上だったがあまり年齢のことを考えずにメッセージのやり取りができた。話が合うな、と思っていたら住んでいる場所が近かった。近い、といっても車で三時間である。しかし車で三時間は近いと思っているところが似ていた。カレーが好きで、わたしの家の近くのカレー屋に今度行くので一緒にどうか、と言われた。はじめて会った日、彼は「やっほー」と言った。やっほー。これはそうとう手強いぞ、と思った。そのときは恋愛対象として仲良くなるつもりはなかったので、うっかり好きになってしまう予感があって眉間にしわが寄った。彼はだぼだぼのトレーナーにぶかぶかのバスケットボールシューズを履いており、それがよく似合っていた。運ばれてきたカレーはむずかしそうな南インドのカレーだった。スパイスカレーを作るのが好きだという彼は、これはサンバルで、こっちがポリヤルで、これがパパドです。と説明してくれた。言われた通り食べるとスパイスがぶわっと風のように吹きわたりとてもおいしかった。お近づきのしるしに、と、帰り際彼は小さな箱をくれた。何か高級そうな箱だったので、だめですよそんな、と言いつつ、開いてみると直径五センチほどの石ころが入っていた。パワーストーンにしてはいびつすぎて、河原にあるにしてはきれいな桃色で、硝子にしては重かった。……なんなの？　初対面の異性に別れ際石を渡してくる意味がわからなかった。

「なんですかこれ」

「なんなんでしょうね」

そう言って彼は肩をすくめた。へんなやつ。と思ったら、恋をしてしまったとわかった。その頃のわたしはそういうやつだった。物珍しい人間がいるとうらやましくなって、あこがれて、恋をしてしまった。だからいつもぼろぼろだった。ああ、またぼろぼろになる気がする、と思った。しかし、いつも追いかけてばかりだが今回は違うではないか、カレーに誘ってくれたし、それに。

「このまえカレー食べた帰りに大きな川と広い公園を見たんですが、行ったことありますか」

「ありますよ。七北田《ななきた》公園っていうところです。あのそばには美味しいパン屋さんがあるので、わたしはちょっといいことがあったときにそこでパンを買って、芝生で食べたりしてます」

「ぼくはいま、夜に大きな水源を見ながら散歩をするのがすきなんですよ」

「なんかワルな雰囲気があっていいですね」

「またお会いできませんか。いっしょに夜の散歩をして、夜なべして映画を見ましょうよ。ぼく見せたいDVD全部持っていきます。あ、泊まっていいですか?」

そこからだ。パレードが止まらなくなったのは。

夜九時の公園で待ち合わせた。噴水の前、と言ったが夜間はそれが止まっていることに気が付いて慌てた。噴水の止んだ小さな池は夜空を照り返してたぷたぷと揺れている。夜の秋の風はもはや冬を感じるほど寒かった。ワンピースを着ようかと思っていたが、彼の前回の服装を考えてジーンズとパーカーで行ったのが正解だった。すこし遅れてやってきた彼はまた「やっほー」と言った。一緒に夜の公園を歩く。夜の公園は街灯が少なく、静かで、発したそばから声が椚《くぬぎ》の森に吸い込まれるようだった。どんな会話をしたのかは覚えていない。いっぱいいっぱいだったのだ。好きになってはいけない、と、まだ思っていた。しかし同時に、求められたい、とも思っていた。あらゆる段差やポールの上に登り、器用に歩く彼のことをわたしはインスタントカメラで撮った。「さむいかも」と彼は言って、想定していたよりもずっとはやくわたしの家に来ることになった。部屋に入るなり、シャワー借りるね! と彼は言った。いくらなんでも大胆すぎやしないか、とわたしはうろたえた。そのあとわたしもシャワーを浴びて、ブラジャーのひもがねじれていないかよく確認してからパジャマを着て、平然とした顔で彼のいる部屋へ戻ると、彼はもうわたしのベッドの横に用意しておいた布団を自分で敷いてそこに入っていた。

「映画はみないんですか」

「ときに、映画をみないことがいちばん映画ということもあります」

なんだそれ、と言うと、彼はえっへっへ。と無邪気に笑った。これはなんか、とってもやっぱり、このあとセックスをするのではないか、と、ついに思った。しかし互いへの好意の話は一切していなかったので、わたしは自分のベッドに入り、電気を消した。しばらくはお互い何も言わずに眠ったふりをした。しかし、いくらたっても彼は動くようなそぶりを見せなかった。ひとりで盛り上がってばかみたい。天井を見つめながら、自分が傷付いていることがうっすらわかった。ここまで来たら抱けよ。と思っていた。みじめさとくやしさとさみしさでうっすら涙が出そうになったころ、「おきてますよね」と聞こえた。「ねています」と、答えた。「ごめんね」「なにがですか」なにが、とは教えてくれなかった。

「眠れないなら、あっちむいてホイしようよ」

と彼は言った。なんだそれ。わたしはすっかり呆れた。「暗いのに？」「はい、右手をぼくの方に出して。じゃん、けん、ぽん」すると彼は突然わたしの手を両手で包んだ。暗がりで手に触れられたのでわたしは驚いて固まった。彼の手の皮は厚く、ごつごつしていたがあたたかかった。わたしの手をひとまわり触った後「チョキだ」と彼は言った。「ぼくがパーだったから負け」「そんなの暗いから見えないじゃないですか」「はい、いいから、あっちむいて、ホイ。どっち指差した？」「……上」「あー、負けた」「だから、暗いからぜんぜん後出しで負けちゃうじゃないですか」。ははは、と笑って、彼はわたしの手をまた包んだ。わたしは点滴をうける病人のように右手を隣の布団に差し出したまま、あっけにとられた。

「ごめんね。ぼくはともだちがほしいんだ」

と、彼はそう言ってわたしの手をわたしのベッドに戻すと、布団にもぐる音がした。右手だけがベッドの上で冷えていくのを感じながら、しばらくその意味を考えていた。わたしはわたしの期待によって空回りし、恋愛ではなく友人づきあいをしたかった彼を傷つけたのではないか。しかし、ならば男が気安く女の家に泊まりに来るなよ、とも思ってやっぱり腹が立った。わたしは負けることがきらいだが、勝たせてもらうことの方がもっときらいなのでフェアでないあっちむいてホイにも腹が立っていた。好きになってしまったが、彼にその気はないらしい。男女がいたらそういうことになる、と勝手に期待するのも良くない。恥ずかしさと腹立たしさを往復しているうちに夜が明けた。

翌日は彼が行きたがっていた古着屋二軒につき合い、喫茶店でホットサンドを食べて解散した。前の晩の話はどちらも一切しなかった。きっともう二度と会わないだろうと思いながら「似合う?」と彼がだぼだぼのTシャツをあてがって見せてきたとき、好きだと思った。でも、もうやめようとはっきり思った。秋がすきだなあ、と、見送る直前にたっぷり息を吸い込んで彼は言った。知るかよ、とこころの中で思った。

帰宅して冷蔵庫を開けると、大きな梨をふるまいそこねたことに気が付いた。迷わずすべて剝いてひとりで食べた。梨はよく冷えていて、口いっぱいに頰張ると果汁があふれ、溺れているようだった。

陶器のような恋

わたしには「桃」のつく友人が五人いて、それぞれをももちゃん、ももか、タオ(táo)ちゃん、ラブリー、おもも、と呼び分けている。いちばん初めに出会った「ももちゃん」とは、高校時代からだからもう十年ほどの付き合いになる。出会ったころから交際していた深澤と結婚して、彼はわたしが大学四年間お世話になった先輩だから、ふたりの結婚式に出た日、わたしは感極まって地球が割れるほど大泣きした。秋田と福岡で遠距離恋愛をしていたころから仙台で一緒に暮らすまでをそばで応援していたので、美しいドレスを身にまとうももちゃんを見ていたら涙がまったく止まらなかった。あまりに派手に泣くから隣にいた彼氏のミドリは苦笑いする周りのひとたちにすみませんこの子はもう駄目みたいで、と言わんばかりにぺこぺこ頭を下げた。

それから一年してももちゃんが妊娠したと聞いて、ミドリと一緒に遊びに行った。

八月の最後の日だった。なにかプレゼントしたいけどほしいものない？　と聞くと、桃が食べたいとももちゃんは言った。それならば、と果物屋へ行き、ちょっと奮発していい桃を四つほど買って持っていった。わたしは助手席で桃を抱えてときどきその大きくて丸い様子を覗き込んでは「おめでたいことだね」と言った。ミドリは「そうだねえ」と笑う。ももちゃんはおなかをさすりながら迎えてくれた。結婚式ぶりに会うももちゃんはショートヘアになっていて、色白の肌によく似合っていた。座ってあれこれと話しながらおなかを触ってもいいか聞こうと悩んでいると、触ってごらんよ、触りたそうな顔してるとももちゃんは笑った。おなかは思ったよりもかたくてあたたかかった。おなかがこんなにふくらむのだという事実に改めて驚いた。「予定日はもう数日先なんだけど、もういつ生まれてもおかしくないんだって」。そろそろ外に出たいよねえ、とももちゃんがおなかに話しかけたので、外の世界もたのしいですよ、と声を掛けた。貰った桃剝こうかと言われたけれど、あまり長居しても悪いと思ったので冷やしておいてすきなときに食べて、と断って帰った。生まれるころになったらまた連絡するね。とももちゃんは言った。

翌朝起きると「生まれました」とももちゃんからＬＩＮＥが来ていたので「もう？」と飛び起きた。ミドリもその声で驚いて起きて、すごいすごい、おめでたい、どうしよう！　と叫ぶわたしに「生まれたの？」と察して、どうしようもないのにふたりでおろおろした。わたしたちが帰宅した夜に陣痛が来て、そのまま出産となったらしい。母子ともに健康で、生まれたのは早朝のことだったという。「せっかくもらった桃一個も食べんまま病院に来てしまいました」とももちゃんは送ってきた。「桃太郎だ……」と、咄嗟に思った。それで、わたしはこれからこの子の誕生日のたびに桃を贈る「桃おばさん」になろうと決めた。一歳の誕生日に贈った桃とシャインマスカットのセットはそうと知らずに送った「敬老の日ギフト」の熨斗《のし》のついたもので、一歳に敬老の日ギフトを贈るだなんてと頭を抱えたが、ももちゃんは笑ってくれた。

今年の二歳の誕生日に、また桃を贈った。もうじき宅配便で届くと思うから受け取ってほしい、と連絡すると、ありがとう、ところでいま電話できない？　とももちゃんが言う。わたしは通話無料プランに入っているのでいつでも長電話ができる。しかも、ちょうど駐車場にいて今から帰宅するところだった。よろこんでスピーカーフォンにして電話を掛けると向こうも車内のようで、ナビの音声が漏れ聞こえてきた。

「いま車の中？」「そうだよ、れいんちゃんも？」「うん」「ふたりとも車の中からってはじめてかも、おもしろいねえ」ももちゃんの声はいつもやさしい。隣を歩いてくれているような声だ。職場から子どもを保育園に迎えに行くまでの間だけ電話したかったのだという。あらためて桃の話をすると、「毎年、『あなたが生まれる前日にれいんって名前の女の人が桃を持ってきてくれてね……』って話して『毎年おんなじ話するのやめてよ』って鬱陶しがられる日が来ると思うとたのしみ」とももちゃんは言った。わたしはももちゃんが結婚して、とても忙しい仕事を続けながら子育てもやっていると思うと、そのえらさにまた涙ぐみそうになった。すこしだけ開けた窓から夏と秋のはざまの夜の風が車内に入り込んでくる。「深澤が子どもの面倒をよく見てくれるから本当に助かってる、やっぱり子どもがいるとさ、子どもの世話をどうにかうまくやるしかないから、チームとしてうまくいかないとね。結婚すると、やっぱり『恋愛』っていうより、チームってかんじになるなあとつくづく思うよ」。恋愛っていうより、と聞いて、胸がざわめく。

大学四年の夏。恋をして自分を見失っていたのか、自分の人生を直視しないために恋ばかりしていたのか、どちらでもないしどちらでもあるようなやけくその夏だった。わたしの荒《すさ》みかたを見かねたももちゃんが、車を買ったから蔵王山に一緒に行かないか、と誘ってくれた。ももちゃんが九州から仙台に越してきて、長かった遠距離恋愛に終止符を打った頃だった。蔵王へ向かう車の中でもももちゃんは音楽を流してくれて、いい曲、と言うと「森は生きている」というアーティストだと教えてくれた。

蔵王山は思ったよりしっかり山で、あまり山登りの装備でなかったわたしたちはちょっとだけ浮いていた。車で行けるいちばん高いところからしばらく歩くと濃い霧が立ち込めてきた。霧ではなくて雲だった。「わたしたちがふたりで会うときは、皿倉山《さらくらやま》といい蔵王といい、いつも雲の中だね」とももちゃんが笑った。ほんとだね。いつも深澤も入れて三人で会うのでふたりきりになる機会は案外ない。前は福岡に遊びに行ったときに、ももちゃんに案内してもらってケーブルカーに乗って皿倉山に行った。そのとき濃霧だと思っていた白い霧は、雲の中ということだった。そのあと温泉に立ち寄った。蔵王のお釜の中はエメラルドグリーンの水で満ちていて美しかった。そのあと温泉に立ち寄った。温泉は大浴場がひとつだけあるシンプルなものだったけれど、昼間の陽ざしがお湯に反射して光の中に足を差し込むようだった。ふたりで膝を抱えながら浸かっていると、さりげなく「れいんちゃん、一回落ち着いた方がいいよ」とたしなめられた。恋に振り回されてばかりいることだとすぐにわかった。それで、かっとなった。わたしだって好きでこんなふうにぼろぼろなんじゃない。でも、恋をして体がよじれるようなきもちになることの快感にも酔っていた。恋以上に価値があることがありますか、とすら思っていた。それで、言ってしまったのだ。

「わたしの恋に文句言わないでよ、ももちゃんのは恋じゃないじゃん」

ももちゃんはすこしだけ目を丸くした後に、なるほどなあ、と小さく言って、黙った。高校時代から深澤とももちゃんの交際はわたしの知っている恋とは様子が違った。つやつやしていても、ぎらぎらしていなかった。ももちゃんと深澤を見ていると、兄弟を見ているような、双子を見ているような、親子を見ているような、ふしぎなかんじがした。テーブルの上に置かれている塩と胡椒入れのように当たり前にふたりでそこに存在していて、一対、という言葉が浮かぶようだった。傷つけて傷つけられるわたしの恋とはまるで違った。「ももちゃんのは恋じゃないじゃん」と言ってすぐ、ももちゃんが目を丸くしたのを見て、しまった、と後悔した。謝ろうと思ったとき、ももちゃんは言った。

「でも、恋じゃないといかんのかね」

わたしは雷に打たれたように動けなくなった。恋じゃないといけないと思っていた。恋じゃなくていいのか、よかったのか、じゃあわたしのいままでの大騒ぎって、一体。

「たぶん、わたしは深澤と結婚すると思うんよ。なんとなく、でもすごく、そんな風に思う」

ももちゃんは抱えた膝小僧を見つめて、静かに納得するように言った。そのときのももちゃんのやさしく凜々しい表情には説得力があった。ああ、きっと結婚するんだろうと思った。温泉の売店でももちゃんは蔵王の牧場の三個入りのプリンを買うかどうかしばらく悩んで、えいっ、と摑んでわたしに見せてきた。「研究お疲れ様だから深澤が二個食べていいよ、っていうのはどうでしょう」。そのころ深澤は大学院で論文に苦しんでいた。「いいと思います、とても」と答えて泣きそうになった。愛する人にプリンを持って帰る生活。プリンがつめたいうちにただいまおかえりを言い合えるようになったふたりの生活が幸せであってほしい。

「あのとき、わたしひどいこと言ったよね、『恋じゃない』なんてさあ」

「ああ、あのときね。仕方ないよ、あのときのれいんちゃんは正気じゃなかったから」

向こうからエンジンが止まる音がして「あ、ごめんお迎え行ってくる。ありがとね、また電話するよ、じゃあね」と電話は切れて車内は無音になった。「正気じゃなかった」と言ってくれる友人がいるありがたさを思う。夜の国道四号線は靄《もや》が立ち込めていて、ライトの光が太いレーザービームのように可視化される。「恋じゃない」と言ったわたしの恋よりもずっと陶器のように静謐なももちゃんの恋が、いま、ちいさな手のひらになって、迎えに来てくれた母の手を引いている。わたしはそこに時々現れて、大きな桃を贈り続けたい。ひたすら直線の道路を過ぎたら靄が晴れた。青信号がふたつ続いている。わたしは自分の恋のことを考えた。

とにかくドリアを

大学生になるまで、ろくにファミリーレストランへ行ったことがなかった。田舎の生活圏内にはファミリーレストランどころかコンビニもなく、夜にどうしても何か飲み食いしたくなった時は、近所の工事現場にある自動販売機まで自転車を走らせるしかなかったからだ。加えて、わたしの両親は節約家であり料理が得意である。両親はわたしが幼いころから「自分でも作れるものにわざわざお金を払う意味が分からない」という強い信念を持っていた。うどんやパスタやハンバーグやカレーは家で作れるどころか、家で食べたほうがおいしい場合さえある。たしかにどうしてわざわざ外食で家庭料理を食べる必要があるだろう、と小学生ながらに思っていた。わたしにとって外食と言えば手打ちのお蕎麦屋さんや、個人経営の洋食屋だった。わたしはファミリーレストランへ行かないファミリーの長女として、誇り高くすくすくと育った。

　高校へ進学し、定期券で電車を使って通学するようになると、合併する前は村だったエリアを自転車で走り回っていたわたしの行動範囲は一気に数倍にも膨れ上がった。盛岡駅や駅前の通りを友人たちと歩くようになると、試練が待ち受けていた。カラオケとドリンクバー。わたしはそのどちらも苦手だった。人前で歌うことも、飲み放題だからと長時間居座ることも「図々しすぎる！」と感じてうまく乗ることができなかった。入学してすぐ、誘われてそんなに仲良くない人たちとカラオケへ行ったのがトラウマになった。みな、わたしの知らない歌をうれしそうに歌い、つぎつぎとプラスチックのコップを持っては部屋の外へ出て、炭酸を入れて戻ってくるのを繰り返した。わたしはカラオケのシステムも、ドリンクバーのシステムもよくわからなかったが、そこにいるわたし以外の全員が、カラオケとドリンクバーをよく知らない人がいるなんて、疑ったこともないような感じだった。それで、どうしたらいいのかわからなくなって、急用をでっちあげて帰った。折角ドリンクバーだったのに、グレープフルーツジュースを注いで、飲み切らず帰ってしまった。高校生というものはどうしてあんなに飲み物を飲みたがるのだろう。どうしてあんなに歌いたがるのだろう。ばかみたいばかみたい。そう唱えるように帰った。あなたの感じるすべての「苦手」は「よく知らないだけ」だったのだよ、といまわたしが十六歳の彼女に声をかけることができるなら優しく伝えてあげたいが、それは叶わない。いま思えば、カラオケとドリンクバーが苦手でいながら送る高校生活はそうとう冴えないものだった。

同級生がカラオケとファミリーレストランに足しげく通っている間、わたしは「金無え」が口癖の文芸部の樋口という同級生とつるみ、寂れた百貨店の二階にあるフリースペースでおじいさんやおばあさんに交じりながら放課後を過ごした。飲み物は彼女とふたりでスーパーへ寄り、ペットボトルのジュースを買った。おんなじ飲み物のはずなのに、どうして自動販売機やコンビニで百六十円のものがスーパーだと八十九円なのだろう。わたしは当時売られていたアセロラのドリンクが好きだった。ピンク色ではなく、赤色を薄めたような色をしていて、喉の奥とほっぺたがぐっと縮まるような酸っぱさだった。わたしたちが陣取っていたフリースペースは、もともとはテナントがいくつか入っているフロアだったと思われる。すっかり寂れて、食品売り場とお土産物売り場以外は閑古鳥《かんこどり》が鳴いているが、母が若かったころはもっと活気があったと聞いたことがある。どんどん減ってゆくテナントについにフロアががらんどうになってしまって、そのままにしておくわけにはいかないのでとりあえず備品を並べました。といった趣のフリースペースだった。育ちすぎた化け物のようなポトスの鉢が一つだけ聳《そび》え立っていて、そこに妙に年季の入った机と椅子が並んでいた。それでも余ってしまう壁際のスペースは、ときどき家電売り場や格安名作ＤＶＤコーナーや謎の南国雑貨販売コーナーになった。はいはい賑やかしましたよと言わんばかりに、商品が陳列されたキャスター付きの什器《じゅうき》は足元を隠すようにいつも紅白の幕が巻かれていた。フリースペースは、その名の通り本当に自由だった。何時間いても怒られないし、そもそも見回りに来る警備員もいなかった。時折館内放送が流れ、遠くから子供用のゲームコーナーの音が聞こえてきたが、わたしたち以外ほとんどだれも来ず、追い出されもせず、くすんだ白い壁と大きなポトスだけがあるその空間では、時間がゆっくり流れるような気がした。わたしがわたしである以外、ほかに意味があることなんてないような気がして、将来のことも、勉強のことも、「しーらない」と思わせてくれるような不思議な空間だった。わたしは樋口とそこでずいぶんたくさんの時間を過ごしたが、何の話をしていたのか、ほとんど思い出せない。課題をするために居座っているはずが、わたしはいつも短歌を作ったり、ブログを書いたりしていた。

大学生になって仙台へ出ると、ファミリーレストランはより生活圏内に近くなった。短歌のサークル仲間はわたしの知っている歌を歌う人が多かったから、苦手だったカラオケへも行けるようになった。ある日、サークルの年上の女性とふたりでサイゼリヤへ行くことになった。いまなら言えるかもしれない、と、いままでろくにファミリーレストランへ行ったことがないと告白すると「お嬢様?」と大変驚いたあと、ドリンクバーに付き添ってくれた。「ドリンクバーで長居するの、気が引けませんか」と尋ねると「ドリンクバーじゃなくて時間を頼んでるんだよなあ」と、その人は言って、山ぶどうスカッシュがおいしいのだと教えてくれた。山ぶどうスカッシュは紫色を薄めたような色をしていて、注いだそばから炭酸の泡がつぎつぎとコップのふちまでのぼっていった。わたしはそこで初めてミラノ風ドリアを食べた。舌をやけどするほど熱々で、すぐにスプーンが底に当たって、がち、と音がするほどターメリックライスが浅く敷かれていて、ホワイトソースと、その上にミートソースがのってぐつぐつしている。思っていたよりずっと安くて、とびきり美味しかった。わたしはいたく感動してしまい、仙台に居るあいだ、いままで行かなかった分を取り戻すかのようにサイゼリヤへ足しげく通った。時々はひとりでも行った。チェーン店の良いところは、どの場所の店に入っても、雰囲気が似ているところかもしれないとわかった。サイゼリヤの店内に居ると、大きな泡に包まれて守られているような気がして、その中に居るとうんざりするような外界が虹色にうねって見える。ときどき、サイゼリヤの椅子に座ってぼーっとすると、かつて樋口と過ごした時間とおなじ時空に居るような気がすることがあった。就活のことも失恋のことも将来のことも「しーらない」と思わせてくれるような気がした。次第に、サイゼリヤの椅子に座ってミラノ風ドリアを食べることで自分がセーブされているような感覚がしはじめた。仙台から盛岡へ戻ることが決まったとき、その唯一のかなしみは盛岡にサイゼリヤがないことだった。都会を知るというのは、サイゼリヤを知ることと似ているかもしれない、とまで思ったほどだった。

働いていると、泣きっ面に蜂どころか、泣きっ面に蜂・ピラニア・猪・カメムシ、というようなときがある。ひとつの不調をなんとか耐え抜こうとしているときに限って「どうしていま」と思うような別の問題が、それもいくつも重ねて降りかかるのだ。仕事、執筆、家族、友人関係が、導火線でつながれているかのように連続で火を噴いてしまったその夜、残業を終えて家へと車を走らせながら、わたしは気が付くとハンドルを握ったまままさめざめと泣いていた。どうやって気持ちを回復させたらいいだろう、と考え始めてすぐに、ドリアだ、と思った。この頃のわたしにはドリアが足りない。ドリアだ。にっちもさっちもいかないわたしに、とにかくドリアを。ああ、サイゼリヤのない街め！　この日ばかりは盛岡という街を心から憎んだ。しかし頭の中はもうドリアのことでいっぱいだった。一か八か、一度も入ったことのないファミリーレストランに車を停めて入店し、一名様ですか、と言われる前に「ひとりです」と告げて席につき、電子メニューを探すとドリアがあったので迷わず注文した。サイゼリヤとはちがう器で出てきたドリアは、しかし、あまりにもミラノ風ドリアとよく似ていた。ホワイトソースのふちは茶色く焦げてふつふつと浮き、ミートソースの濃い香りがからだを満たす。わたしは心底うれしくなった。目の前のドリアと、その気になればもういつでもファミリーレストランに入ることができるようになった自分のことがうれしいのだった。上顎や舌を火傷しそうになるほど熱いホワイトソースをたっぷりと掬《すく》い、つぎつぎと口へ運ぶ。ドリアは熱いうちに食べきるのがいい。家でも作れるかもしれないドリアを、ファミリーレストランのやけに明るい店内で一人で食べるからいいのだ。くやしい夜に、とにかくドリアを。電子メニューを眺めながら追加でドリンクバーを頼もうか悩んだが、やはりドリンクバーで長居するのは気が引けて頼まずに帰る。レジまで歩く途中、ドリンクバーで長居しているらしき若者たちを何人も見た。彼らも時間を買っているのだろうか。ドリンクバーが苦手でもドリンクバーが好きな人まで苦手に思う必要はないと思えるようになって、雪が降り出しそうな国道四号線の、二十一時。

あまりにきまじめな薪

「もう一度、薪をくべましょう」という件名のメールが担当編集から届いている。営業先から戻ってきて車のエンジンを切り、手に取ったiPhoneの上部にひょっこり表示されたメール通知が消えるまでの数秒、その件名をぼんやりと眺めていた。もう一度、薪をくべましょう。今朝がた「あああ」と声を出しながら送った、連載の締め切りを延ばしてもらいたいというお願いのメールへの返信だと思う。担当編集はわたしがどれだけ不調でもとてもやさしく見守ってくれる人なので、おそらくは怒りのメールではなく励ましのメールだと思う。けれど、すぐには開けなかった。二〇二一年、わたしは三つの大きなノミネートをされていた。どれが貰えても、人生が大きく動くかもしれないものだった。一つ目がだめで、二つ目もだめで、きのう、その最後の一個も落選していたことがわかった。取れないことがわかるたびに「ただでは起きない」と励まされて、わたしだってそう思っていても、それにしたって転ばないに越したことはない。候補にされて、落とされて、それが三つもあったらもうぼろぼろだ。結果を待つ間は自分の浅ましさと目が合い続ける。だめでも傷付かないように（貰えるわけがない）と自分を卑下し続けて、でも、もし、と考えてしまっては、打ち砕かれる。賞を取れないことよりも、賞を取れなかったときに、こんなにも賞が取りたかったのだと思わされることが悔しかった。どんな年よりも頑張った一年だったはずなのに、どんな年よりも「残念でしたね」と言われてばかりの一年だった。だから、不《ふ》貞腐《てくさ》れている。

……薪。

なにも終わっていないのにもう十五時半で、十二月の東北の十五時半は既に暗い。陽射しがなくなると巾着を絞るように急に冷え込む。寒くなると聞いていたから分厚いタイツを下ろしたが、それでも冬は寒すぎる。トレンチコートに両手を突っ込みながら歩く。マスクから漏れる息は白くそのまま眼鏡を曇らせるから、なるべく鼻呼吸をする。営業車を停めて駐車場から会社に戻るまでの間には、パチンコ店の裏口の近くをかならず通る。たいてい、換金所に笑顔の人はいない。この会社に勤め始めてからの四年間、ほぼ毎日この通りを歩いているが、大当たりしてきゃっほう！　と叫びだしそうな人は見たことがない。老若男女、パチンコ店から出てくる人々はどことなくやつれていてだるそうだ。行ったことがないからわからないけれど、パチンコとは好きだから行くものではないのだろうか。娯楽にしてはあまりにもつかれた人々が自動ドアから吐き出される。その人を包むように、自動ドアからはけたたましい鉄球の音と音楽がこぼれる。音はでろり、と溢れて、自動ドアに削ぎ切られるように静かになる。刺すような寒さに首をすくめ、速足で会社に向かって歩く。同じ方向に歩いている人もみな、心なしか歩く足が速い。南部鉄器の工房の横を通り過ぎると詰まるような煙のにおいがして立ち止まる。ストーブのにおいだ。ストーブの煙のにおいや焚火のにおい。木の焼けるにおいを嗅ぐと、すべてが一旦、一時停止になるような感覚がする。脳内を埋め尽くす「いま」と「これから」の間に、そのにおいがもくもく充満してなにも考えられなくなってしまうのだ。煙のにおい。十秒ほど嗅いで、また歩き出す。

……薪。

コンビニの入り口に適当なクリスマスツリーが置かれている。適当なクリスマスツリーなので、飾りは上半分にしかなく、残りの下半分には余白を誤魔化すように金色のモールが巻き付けられている。しかし、適当なクリスマスツリーのわりには背が高く、かさばりそうだ。このクリスマスツリーはクリスマス以外の時期、あの狭い店内のどこに仕舞われているのだろう。路駐されている黒いワンボックスカーとコンビニの隙間をすり抜けるように歩く。クリスマスケーキと、クリスマスチキンと、おせちの予約ののぼりが順番に左腕を撫でた。

……薪。

さっぶ。小さな声で言いながら会社のあるビルへ入り、降りてくるエレベーターを待つ。首をすくめたまま下を向き、開くと同時に入ろうとすると、煙草を吸いに出ようとした上司の腹が、ぬ！　と目の前に見えた。慌てて後ろに下がりながら「すみません」と言うと「はー、入れ替わっちゃうかと思った」と上司は言って、見上げるとその顔はいたずらに笑っていた。ゆっくりすれ違ってエレベーターに乗り込み「今度ぶつかりそうになったらわたしもそれ言いますね」と言うと、「まずぶつからないほうがいいでしょうよ」と上司はまた笑って、笑い声の途中でエレベーターの扉は閉まった。

……薪。

さっきから何かを思い出そうとしている気がするが、それが何なのかわからない。思い出すものなのかどうかもわからない。年末だから焦っているのだろうか。とにかく脳がうろうろしている。綿あめ製造機のように、ほんのり色づいた靄があって、それを割りばしにぐるぐる巻きつければ手触りのあるものとして思い出せるはずなのに、わたしの脳みそは綿あめ製造機ではないからそれができない。なんだっけ、というか、なんだこのかんじ。エレベーターはすぐに上階へ着く。すぐに着くような階なら、運動不足なのだから階段を昇るべきだ。席につき、Outlookを開き、淡々とメールの返事をする。仕事とは返事を返し続けることで、仕事ができる人とはきっと返事を返し続けることができる人なのだろう。風邪をひいてしばらく会社を休んでしまったせいで、もともといっぱいいっぱいだった師走が決壊しそうだ。なんでも「自分がやった方が早い」と引き受けて、引き受けすぎて泣きだしている。何度も泣いているはずなのに、気が付くと自分ならもっとできる、やっておく、やります！　と思ってしまうしそう言ってしまうから絶え間なく忙しい。忙しい自分のことが好きなので、好きでやってる、と言われればその通りだが、二十七になり周りが結婚出産をはじめているなかで「忙しい」という理由で泣きだす自分に、もういい加減嫌気がさしている。いつも目の前のことばかりになってしまう。その途中で電話がかかってくると、前のことが終わる前に今度はそちらの作業を進めてしまって、結局中途半端になって、さっきまで何をしていていま何からやるべきかわからなくなるから、最近タスク管理のアプリを使い始めた。なるべく些細なことも含めてたくさん羅列して、終わった、終わった、と次々消していく達成感が癖になるのだと、忙しそうな仕事相手は満足そうに教えてくれた。「企画書を書きあげる」という大きいものだけでなく、「佐川さんに電話」「横田さんに一筆お礼（ふせん）」という小さめのものも並べて、さらに「誕生日占い見る」「車のごみ捨てる」という些細なものまで並べ始めると、「息を吸う」「寝る」までタスクのような気がしてきて、これは本当にからだにいいのだろうか。思いつくだけやることを書き切ると今日と明日だけでやるべきことが六十三個あって、書き出すのに三十分かかった。書き出す時間でいくつか終わったのでは、と思うとばからしい気もする。やるべきことをスクロールしながら、そのうちのひとつが十七時までにやらなければいけないエクセル資料だったことを思い出して慌てて開く。

……薪！

先方から送られてきた、Ａ３にみっちりと詰まったエクセル資料を開いたとたん目に浮かんだ。祖父の。きまじめな祖父の、あまりにきまじめな薪がびっしりと並んでいるのが。

父の父である祖父の作る薪はぞっとするほどかたちが揃っている。冬の間、農作業のための小屋では薪ストーブを使っていて、そこにくべるための薪を祖父は自分で拵《こしら》えた。薪割りと聞いて思いつくような、えいやと斧をふるって豪快に三つか四つに割るものとは違う。太さも大きさも違う木を切っているはずなのに、祖父の薪は、ほぼ同じようなかたちだった。平たくちいさめで、その厚さがどの薪も一緒なのだ。小屋の壁際には薪がうずたかく積み重ねられているが、それを正面から見ると、まるで煉瓦の壁のように隙間がなかった。緻密で正確で、それがなんだかこわかった。褒められるためでも他人のためでもなく、祖父は淡々と自分のために同じかたちの薪を作り続けた。無口な祖父にはきっとわたしが知らない一面がたくさんあるのだろうと思って、それがなんとなく恐ろしかった。祖父の薪を見ると父の几帳面さの源泉のようだと母は笑って、祖母は「なんっぼしても細けえ」とうんざりしたように笑う。

寝てばかりになった祖父のそばに座ると、祖父はわたしの手を握って「しあわせになれ、な、しあわせになれ、な、それだけのことだ」とわたしの目を見て言った。ぎょっとした。思えばそれが記憶に残る最後の会話になった。もう一度、薪をくべましょう。くべるとしたら、あまりにきまじめなあの薪がいい。祖母は冬の間、小屋の壁際に積み上げられた祖父のあまりにきまじめな薪を少しずつ使って暖を取って過ごしている。

自由な犬

自由な犬に、三度出くわしたことがある。

一度目は中学二年生のとき。家の近くの公園のベンチで遭遇した。学校指定のジャージの長袖長ズボンを着ていたから、多分まだ暑くない初夏のころだったと思う。わたしはませており、彼氏ということになっている同級生がいた。わたしが頼み込んで嫌々付き合わせていたような人で、いま思うと申し訳なくて仕方がない。彼とは隣のクラスなのに、わたしたちは常に文通をしていた。本当は文通なんてやめて廊下ですれ違うときにひとこと会話をしたかったのだが、彼はかたくなに学校内でわたしと会話をしようとしなかった（今思うと、付き合っていることにしたくなかったのかもしれない）。一週間に一度くらいのペースで返してくれる彼の手紙の字は読みやすく、とても綺麗だった。本当にたまにだけ、たしか二ヵ月に一度あるかないかくらいの頻度で、放課後に待ち合わせて公園のベンチで過ごしていた。なんの話をしていたのか、正直全く覚えていない。わたしは、どうやったらもっと好きになって貰えるだろう、どうやったらキスができるだろうと、多分それればかり考えていたのだ。ふたりで川沿いのベンチに横並びに座って、喋ることも尽きて、夕暮れだった。もう帰るのだろうか。それとも、これが（いいかんじ）の間だったりするのだろうか。と、わたしは下心ばかりを思っていた。お互いに無言で、見つめ合いそうになったその瞬間だった。太く流れる北上川の水の音と、木々が揺れる音、セキレイの鳴く音。

はっ、はっ、はっ、はっ、はっ、と、背後から聞こえた。わたしたちは身を強張らせた。露出狂が出ているから気を付けろ、と学校で言われたばかりだったから、わたしは、振り向いたら下半身丸出しのおじさんがいるのではないかと思って、怖くて仕方がなかった。恐る恐る、先に振り向いたのは彼だった。

「どぅわ！」

と叫んで、彼は一目散に公園の端まで走り出した。えっ、と驚いて振り向くと、そこにいたのは露出狂ではなく、ゴールデンレトリーバーだった。彼は犬嫌いだった。わたしもけたたましく鳴く小型犬のことはきらいだったが、あまりにもそのゴールデンレトリーバーが穏やかで、微笑んでいるようにすら見えたので混乱した。ゴールデンレトリーバーはわたしの座るベンチの後ろでおりこうにおすわりをして、老犬なのだろうか、はっ、はっ、はっ、と息をして、たまに、すうーん。と、長く息を吐いた。状況が理解できないものの、危ない犬ではないような気がしたのでわたしは静かに立ち上がった。するとゴールデンレトリーバーは何かに納得したように立ち上がり、くるっと方向を変えて茂みのほうへ歩いて行った。

二度目は大学生のとき。俳句のバラエティ番組の収録のために愛媛県松山市に行った先で遭遇した。松山市には「坊っちゃん列車」という路面電車がある。昔ながらの雰囲気があり、なによりとても便利だったのであっという間に愛着がわき、滞在中頻繁に乗った。数日間かけたロケの、ちょうど真ん中くらいの日だったと思う。その日は集合時間が少し遅かったので、早起きして地元の学生俳人と道後温泉の街歩きをしたりして、そこから集合場所まではまた各自で移動しよう、ということになった。道後温泉からひとりで坊っちゃん列車に乗り、窓の外を眺める。とっても良く晴れて五月なのにすっかり夏の陽ざしだった。松山市の町並みはわたしにとって「西」であり「南」であった。どの道を通ってもからっと明るくて、どことなく陽気に感じられる。窓からお城のような大きな建物が見えて、あれはなんだろうと慌てて調べると愛媛県庁だった。立派な建物……。坊っちゃん列車が曲がって、県庁が見えなくなったあたりで気が付いた。この列車を追いかけるように何かが動いてついてきている。わたしは窓に身を乗り出して目を凝らす。バイクでもなく、風にあおられたビニール袋でもない、薄茶色の、室外機くらいの大きさの……ゴールデンレトリーバーだった。かぎりなく歩道に近い車道を、ゴールデンレトリーバーは颯爽《さっそう》と走っていた。全力疾走ではなく、小走りくらいの速度。そしてまたもや穏やかな笑顔だった。ええっ！と思わず声が出る。近くに座っていたご婦人がどうしたの、と窓を覗き込み「ありゃ！」と声を上げる。ふたりで目を見合わせて「見ました？」「見ました！」「首輪してなかったですよね」「どこかから逃げてきちゃったんだろうね」と言い合っているうちに、坊っちゃん列車のほうが速くて引き離してしまった。

　三度目は二十三歳のとき。家族で旅行し、タイに着いた晩だった。宿泊するホテルが繁華街のすぐそばで、わたしたちは空港からタクシーを使って繁華街で降りた。はじめて海外へ行ったわたしは圧倒された。飲んだくれた人々が路上でばたばた倒れていたり、女性が首から金額の書かれた札を提げていたり、ジャパン！と叫んでビールを買えとせがんでくるお兄さんがいたり、あちらこちらから「フー！」と歓声が聞こえてきたりした。海外だ！　とわたしは思った。手から汗がじんわりと滲み、緊張と興奮がないまぜになって押し寄せてきた。ホテルまでのほんの数百メートルでいのちが縮み上がるようだった。交差点を抜けるための歩道橋に登ったその先で、先に悲鳴を上げたのは母だった。

「野良犬っ！」

母はそう短く叫んでから口に手を当て、なるべく静かに歩くよう努めた。驚いて暗がりに目を凝らすと、歩道橋の踊り場のようなところに痩せた雑種らしき犬が寝転んでいた。田舎育ちの母は幼少期に野良犬と何度か対峙したことがあり、それがたいそう怖かったと話していたことを思い出す。ドラえもんでのび太が野良犬に追い掛け回されるところは見たことがあっても、その怖さにあまり実感がなかったわたしは平気だった。母はわたしの右腕にしがみついて歩く。数歩先に今度は立ったままぼんやりとした犬がいて、その先にもまた犬がいて、そのたびにびくり、びくりとしていた母も、あまりの野良犬の多さにへなへなと笑いだした。

タイに滞在していた四日間、野良犬はいたるところに居た。夜は暗闇の中でよくわからなかったが、野良犬たちは大抵きれいなきつね色をして、しっぽが長く、痩せていた。たまに顔が黒い者や毛足が長い者もいたが、ほとんどが似たような見た目の犬だった。追い掛け回してきそうな気性の荒い者はめったにおらず、気だるそうに寝そべったり、あてもなく歩いたりしている。まるで公園の鳩と同じような空気を醸し出していた。人間に怯えるわけでもなく、かといってすり寄るわけでもなく、ただ「居る」をしていた。わたしたち家族がめぐったワット・ポーにも、ワット・マハタートにも野良犬はいた。行く先々で、観光客も現地の人もみな野良犬に対して過干渉せず「やあ」と挨拶をしているようだった。

ワット・プラシーサンペットで石段の写真を撮ろうとしたとき、一頭の野良犬が十数メートル先から「よっこらしょ」と言いたげに立ち上がり、わたしの目を見つめたままこちらへゆっくりと歩いてきた。細い目で、睨むでも、微笑むでもない表情だった。あっけにとられているとわたしがカメラを構える画角のなかのちょうど高台のところへひょい、と跳び乗って座り、すまし顔をしたので思わず笑ってしまった。こうだろ、ほらよ、撮りな、と言われているようだった。わたしは促されるように数枚、石段の上の野良犬の写真を撮った。野良犬はわたしがカメラを降ろして立ち去ろうとしても、そのままそこからぴくりとも動かなかった。そのときの写真をいまでもたまに見返す。自由な野良犬の眼差しを。単純で、複雑で、勇敢で、諦めていて、ちっともこちらを気にしていないような眼差し。わたしはわたしだから、おまえはおまえだ、と言われているような気分になる。わたしはこれこそが自由のなかを突き進んで暮らす顔なのだろうと思う。

　わたしは「自由」のことが時々こわい。だれかに決められて、言われるがまま過ごして、不満があればだれかのせいにして暮らしていけたらどれだけ楽だろうと思っている。二十七になり、いまさら何をと思われることを承知で（ああ、そうか、これはわたしのための、わたしのせいの人生なのか）と思うことがある。ようやく、自分の人生は自分で決めて自分で何とかしなければと思い始めているのだ。働かなければいけない。書かなければいけない。暮らさなければいけない。そう思うことでどうにか毎日を嫌々やりこなしていても、本当はひとつも「なければいけない」ことなんかない。今すぐ会社に行かなくなったっていいし、一生原稿を書かなくたっていいし、ごみだらけの部屋でポテトチップスだけ食べて生活したって全く構わない。自由だ。いまの生活はその自由からすべて自分が自ら選んで引き受けたのだから、いつ手放したって良い。そして、選ぶも選ばないもすべてわたしのせいなのだ。そう思うと時折、お腹の底から輪郭のない不安が込み上げてくる。

　日々の忙しさに「自由になりたい」とうっかり願うたび、こころの中の野良犬と目が合う。どうする、いいぞ、すきにしな。すきにしたいか？　こころの中の野良犬は穏やかだからそう簡単に吠えたりしない。吠えろ、とわたしが念じるまではきっと。

るん♪

はじめてまつ毛パーマをした。「まつ毛が強い」と、施術してくれた年下らしきお姉さんは言った。「逆さまつ毛で、毛の量が多くて層になっていて、長くて、強いですね」と、お姉さんは嚙みしめるように言い直した。わたしの頭を抱えるように施術するので、わたしからお姉さんの顔はさかさまに見える。「がんばりますね」と笑うお姉さんの瞳がほんの少しぶれている。カラコンを入れているのだろう。お薬塗りますので目を閉じてください。はあい。顔を上に向けているせいで気道が狭くなり、窮屈な声が出る。瞼にテープらしきものが貼られて冷たい。ピッ、ピッ、ピ、ピピピ、ピピ――「お時間置きますね」と言われて、その音がタイマーの設定をしていたのだと気づく。十分くらい待つのだろうか。

高校入学直後、そのほんの一瞬だけ剣道部に所属していた。文芸部に入るつもりで入学した高校だったのに、体験入部のためにいざ文芸部の部室を開けてみたらどう見てもおたくの先輩しかいなかった。それで心が折れた。おたくであることがわるいわけではない。おたくでないわたしがわるいと思った。漫画もアニメも詳しくないわたしがそこで人間関係を築くのがいかにたいへんか、わたしは中学で思い知っていた。それに、もっとおしゃれに文芸をやりたいと漠然と思っていたので、ここでそれは叶わないだろうと悟った。「おしゃれに文芸をやる」とはどういうことだったのか、結局今もわからない。けれどわたしは、隠れて見せあって笑うのではなく、だれに見せても恥ずかしくない作品を、できるだけたくさんの人に見てほしいと思っていた。そのためのライバルと出会いたいと思っていた。先輩たちはわたしにとてもやさしくしてくれて、ルマンドをくれた。けれど、やっぱり先輩たちはポケモンの話をし始めて、わたしはポケモンのことがわからなかったのでいけなかった。先輩たちはわたしに絶対的にやさしくて、きっとこれからも永遠にそうだとすぐにわかった。でも、それではいけないとその頃のわたしは思っていた。この高校に入学したのは文芸部が強かったからで、強いということは厳しいのだと思っていたのですっかり拍子抜けしてしまった。けれど文芸部に自分の居場所が無かったら、どうしたらいいんだろう。わたしは途方に暮れて、帰宅しようと歩いていたところに剣道場があった。

剣道場からは、床に大きなものが打ち付けられるような音がした。すぱあん、きっ、くっ、たーんっ。おそるおそる覗くと、模擬試合なのか、面を着けたひとが二人、竹刀をぶつけ合っていた。素足が床を蹴る音、竹刀が面をかすめる音、獣が威嚇するような叫び声。どれもがはじけるように音を立てて素早く動いていた。剣道というものがどういうものか知ってはいたが、目の前でそれを見たのは初めてだった。廊下まで、ちょっとすっぱいにおいがした。すえた汗のにおいの中に、インクのような、墨汁のようなにおい。吹奏楽部の楽器の倉庫のにおいと少し似ていた。わたしはしばらくその試合を見た。かっこいいと思った。「気になる？　無経験者でも大歓迎だよ」と出てきた女子マネージャーの先輩は言った。黒髪がきれいに伸びていて、おしゃれで上品な人だった。「無経験者でも大歓迎」。わたしはうっかりそれを信じて入部した。

剣道部には有段者しかいなかった。無経験者はその時いっしょに入部した女子三人だけで、わたし以外の二人はソフトボール部出身だった。わたしが自己紹介をすると先輩たちはへんなかおをした。吹奏楽部出身で俳句をやっていたのに剣道を突然始めようとしていて、名前がれいんで、へんなの。そういう顔だった。けれど剣道部の人たちはみな礼儀正しく、上品でかっこよかった。わたしはなんとかついていこうとした。袴を穿いて、竹刀を持ったがほとんどが蹲踞《そんきょ》の練習だった。試合を始める前の挨拶の体勢。つま先と踵でおしりを支え、股を大きく開いてしゃがみ込む。わたしはそれすらうまくできなかった。体がぐらつき、股関節が硬く、まったく思うような姿勢にならない。みじめだった。経験者の人たちはより高い段位がほしいのであって、道場にも属さずいつまでも蹲踞だけを繰り返す新人に構う時間はなかろうと申し訳なくなった。わたしの所作ひとつひとつが見ていられないほどもたついていたらしく、根気よく教えてくれていた先輩も「うん、必死なのはいいんだけど。まああとは雰囲気でやってみて」と言い残してわたしのそばを離れた。何度も蹲踞をした。一緒に入ったほかの二人が竹刀を持ち始めても、わたしは立ってしゃがんでを繰り返した。それしかしていないのに一丁前に汗をかき、肩や鎖骨に新品の道着の藍色がべったりとくっついた。どうしてこんな思いをしなきゃいけないんだろう。自分で選んだくせにそう思った。わたしはちっとも剣道も運動も好きではなかった。ただかっこよくなってみたいだけだった。わたしはかっこよくなりたかった。とっても安易で、なめていた。

ゆっくり、目を開けてください。

まぶしい。体を起こすと目の前の鏡に自分の姿が映っているようだ。どうですか？　とお姉さんがわたしの隣に立ち、あっそうだ眼鏡がないと見えませんよねすみません。と慌てて眼鏡を持ってきてくれる。眼鏡をかけて鏡を覗き込むと、いつもまっすぐ斜め下に差し込むように伸びているまつ毛が、くるりと上に曲がっていた。ミニーマウスのことは好きではないが、ミニーマウスのようだと思った。きゅる、しゅぴ。金平糖のような音が常に目元で鳴っているようだ。顔が浮ついている。なにをしていても「るん♪」と、思っていそうに見える。これはいいものだと思った。帰り際「でもすぐとれるかもしれません、マスカラ、ちゃんとしてがっつり上げてください」とお姉さんは真面目な顔で言って、「工藤さん、まつ毛強いんで」と笑って付け足した。そのあと立ち寄ったユニクロのすべての鏡でわたしは自分のまつ毛を見た。「るん♪」としていて、それがうれしかった。


「るん♪、です」

数学科の下川原先生はそう言うと、黒板の前で左足の踵を上げた。チョークを持った右手と左手を水平にまっすぐ伸ばすと、また左足の踵を上げた。

下川原先生はなんども左足の踵を上げる。真面目そうな男性教諭が突然繰り出したお茶目なポーズに教室は沸いた。「π」と、からだで表現したらしい。下川原先生は新任だった。どう見てもなめている生徒たちに対して、下川原先生は気迫でそれを統制しようとするタイプではない。下川原先生はずっと真面目で、自信がなくて、必死で、数学のことがとても好きそうだった。下川原先生は自分の授業中、歌を歌ってみたりイラストを描いてみたり、堂々と居眠りしている生徒を寝かせたままにしてあげたり、とにかくわたしたちにうけそうなことならなんでもした。わたしは下川原先生が授業でなにか仕掛けようとするたびに心がひきつった。どんな工夫をしている下川原先生も、楽しそうではなかったのだ。ただでさえ怒りっぽく傷つきやすい十六歳で、わたしはすべての「必死さ」を拒んでいた。

「パイは、るん♪」

ほとんどの生徒が真面目に聞いていないその日の授業で「るん♪」は思いのほかしっかりうけた。下川原先生史上ではたぶん、いちばんうけた。真面目な下川原先生が、とても照れながらやっていたのが良かったのかもしれない。何がおもしろいかと言われるとわからないのだが、腹の底からくつくつ湧き上がるようなおかしさがあって、笑い声はあっという間に教室ぜんぶに染みわたった。一度笑ってしまうとどうしてか笑いが止まらなくなって、わたしたちはそんなにおかしいわけでもないのに笑い続けた。中には目尻に涙を浮かべる生徒もいた。味をしめたのか、下川原先生は数式に出てきたすべての「π」の部分で「るん♪」と言って、両手を水平にして、右足の踵を上げた。下川原先生はとってもうれしそうだった。その後数週間課題を解く際など「るん♪」は静かに生徒の間で流行した。わたしたちは下川原先生のことが好きだった。必死すぎて見ていられないときもあるけれど、基本的には、好きだったのだ。

高校入学直後、そのほんの一瞬だけ剣道部に所属していたが、八月になる前に退部した。「どうしても文芸をやりたいので転部したい」という退部理由は逃げ道を作ってくれた文芸部の顧問による入れ知恵だったが、とても厳しい剣道部の男性顧問は「剣道をあきらめる分、必ず文芸で一位をとると誓え。いま、部員全員の前で誓え」と言った。わたしは車座になった先輩たちの前で「必ず一位をとります」と、言った。一位なんてどうでもよく、一秒でも早くやめたかった。顧問の前ではわたしに「許可」を出すか見定めているようにふるまわなければならない先輩たちが気の毒だった。決して安くない防具一式を「続ける」と約束して両親に買ってもらったのに、わたしが面を着けることはついになかった。わたしは文芸部に転部してみんなにやさしくしてもらった。結局一位はとれなかったが、二位と三位をたくさんもらった。

わたしは蹲踞だけを覚えて剣道部をやめた。それとおなじころ、下川原先生は先生をやめた。

祝福の速度

こんなこと言いたくないけれど、祝福には体力がいる。お祝いの日を確認して、いつ、なにを、どんなふうに渡そうか考える。祝福の準備には祝っている時間の何倍も時間がかかり、たくさん頭を働かせなければいけない。働き出して五年、わたしはだれかを祝いそびれることがとても多くなった。

大学生のわたしは祝福のために暮らしていたような節があった。誕生日はもちろん、就職祝い、大学院進学祝い、失恋祝い、親知らず治療終了祝い、夏の大三角形がきれい祝い、ネックレス壊しちゃった祝い。何でもよかった。アルバイト先の百貨店の近くに安くて気の利いた花屋があって、そこで花を買う口実を探していた。

十九歳の三月、誕生日が近い友人と夜ご飯を食べることになって初めてその店でちいさなブーケを買った。演劇をやる友人に連名で花を贈ったことはあっても、自分の意思で、自分の好きな花束を買うのはそれが初めてだったように思う。何を選べばよいのかわからなかったので、店頭に並んでいたミニブーケから選ぶことにした。かすみ草やガーベラで誤魔化していない、小さくもお洒落なブーケだった。ピンク、オレンジ、青の三種類のブーケがあって、わたしはチューリップの入ったオレンジのものを選んだ。「オレンジのブーケを」と言うと「顔がそれぞれ微妙に違いますから」とベテランそうな女性の店員さんはさらにその中のどれかを選ぶように促してくれた。オレンジのブーケは四つあって、どれも同じだろうと思っていたがそう言われるとそれぞれ違う雰囲気があった。チューリップの曲線がすこしだけ左に向いているものを選んだ。選んだというより、選ばされたというか、そのブーケのほうから呼ばれたような心地がしてふしぎだった。

レジで店員さんはそのブーケの外側にさらに包装紙を巻いて整えてくれた。レジカウンターの奥にはさまざまなリボンや包装紙がずらりと並んでいて心が躍った。「リボン、何色にしますか?」と言われたけれど、緊張していたので「おまかせします」と答えた。「じゃあかわいくしますね」と店員さんは笑ってくれた。

ブーケを整えるあいだ、すこしだけ沈黙があった。わたしは「お祝いですか?」とか「ご友人あてですか？」と聞かれると思って身構えていたのに「春ですねえ」と言いながら黄色のリボンを結んでくれて、それがたまらなくうれしかった。黄色のリボンはつやがあってはりがあってハッピーという感じがした。店員さんは結び終えるとその両端を切ってきれいに尖らせてくれる。絵に描いたようなリボン結びにわたしは感動した。わたしが友人と会うたのしみな気分をまるごと包んで結わえてくれたようなそんな心地だった。待ち合わせ場所まで花束を持ち歩く間、なんども右手に持った袋の中を覗き込んだ。チューリップが凭れるように収まっていてかわいい。仙台のアーケードを歩きながら、赤信号の人だかりの中で「みなさん！　わたしはいま、花束を持っています！　友人のお誕生日を祝うんです！」と大声で叫びたくてうずうずした。あまりにうれしくて、友人と落ち合って着席してすぐに渡してしまった。友人は「お花貰ったのはじめて！」と、目をまんまるに開いてよろこんでくれた。自分が渡したくて買ったものだったのに「人生ではじめて花をくれたひと」になったことに驚いた。花をあげて、よろこんでもらう。それはわたしがうぬぼれるのにちょうどよい行為だった。

それからはことあるごとに花を買うようになった。あらかじめ店頭に並んでいるブーケではなく、好きな花を選んだり、予算を決めたりして花束を作ってもらうことも覚えた。お金があったわけではない。わたしはお昼ご飯を節約したり帰りのバスに乗らずに歩いて帰ったりしながら、その数百円を積み重ねて花を買った。コーヒー一杯を家に帰るまで我慢して、涼しいバスに乗るのも我慢して、よし、これで六百円の花を買えるぞと思うとき、わたしはとても満足していた。誕生日などのお祝いに少し大きなブーケを買うことよりも、芍薬《しゃくやく》一輪、ポピーの束、紫陽花、猫柳の枝など、リボンが巻かれていない花を買うことのほうが増えた。だれかと会う予定があればとりあえず花屋で気になったものを買い、水色のワンピースが素敵だから、とか、とってもいい天気だから、とか、適当なことを言ってその花を渡した。わたしと会う女の子たちはみんな花を差し出すと「あらまあ!」という顔をしてくれた。人は花を差し出されると「あらまあ!」という顔になるものなのかもしれない。ごくまれに、ちょっとだけ険悪になって花を渡すような空気じゃなくなったりしても、そのまま家に持ち帰って飾ればよい。帰宅しながら右手の袋に入った花を覗き込むと「あれは言い過ぎだったんじゃないすかね」などと、花が茶化してくれるような気がした。

ふしぎなことに、花を買うようになってから自分が花を貰う機会も増えた。「与える者は与えられる」とはこのことか。相手がわたしと会うときに持っている袋を見て(花かも)と思うと花で、わたしが貰える花なのだ。花を贈るのと同じくらい、花を貰うのはうれしいことだった。夏になるとれいんさんっぽいという理由でひまわりの花をよく貰った（わたしってそんなに真正面から明るい人間に見えていたのだろうか）。本当はひまわりの花は真ん中の茶色いところがちょっとこわいから苦手だったが、ひとから貰うひまわりは好きだった。花の良いところは必ず枯れるところだと思う。一週間か二週間で萎れて枯れてしまうけれど、祝福の時間としてその期間はとても適切な気がする。

しかしそうやってなんでもお祝いして、いろんな人の誕生日をスケジュールに入れて、手紙を書いたりブーケを買ったりプレゼントを用意したりできたのは、やっぱり、暇だったからだ。暇だったからで、いまは忙しいのが正しい。いまのわたしは正しい。そう思っていないとやりきれない日々が続いていた。花を買うのは人生に必要な暇で、余裕だ。余裕がずっとなかった。残業をして、その帰りに原稿を書いて、息抜きで眺めたSNSで友人の誕生日が過ぎていたことに気が付いたりすると本当に落ち込んだ。たくさんの友人がいるのに、彼らの誕生日をもうすっかり覚えていない。久々に会う友人とコーヒーを飲んで、別れ際に「れいんちゃんはいつもがんばっているから」とお菓子を貰ったりするとき、へなへなと両手を合わせて感謝しながらわたしは本当は落ち込んでいた。出版祝い、誕生日、おつかれさま、そうしてだれかにお祝いされたり労《ねぎら》ってもらったりするたび、お返しができない自分の余裕のなさと向き合ってくやしかった。だれかに花を買うために暮らしていた日々があったはずなのに、退勤したときには花屋がみんな閉まっている。

花屋が開いている時間に帰る。本屋が開いている時間に帰る。パン屋が開いている時間に帰る。思い立って定時で帰ると、商店街にはたくさんの帰宅途中のひとたちがいて皆買い物をしていた。空が明るくて、お惣菜やパンのにおいがむわっと広がっていた。仕事を終えたひとたちが、仕事をしている自分から生活を送る自分に還っていくような表情をしていた。一瞬、なんでおまえらはもっと働かねえんだよ。と、思った。わたしは働いて、書いてるのに。どうして夜まで働かなくていいんだよ、と思った。日々に必死で、余裕があるように見えるひとのことがみんな敵に見えた。自分と同じくらいがんばっているひととじゃないと話をしたくなかった。「無理しないで」と言ってくるひとにわたしの何がわかるんだろうと思っていた。わたしは一体どうしてここまで働いているのだろう、と思うのがこわかった。泣き出しそうになってお茶屋さんの前のベンチに情けなく腰かけた。ずっと、「働く女」に憧れていた。忙しい忙しいと言いながら、スーツ姿で交差点を歩く女になりたかった。せっかくそうなったのに、それじゃだめだったんだろうか。泣きたかった。泣いてたまるかと思ってベンチから立ち上がって花を買いに行った。そういえば盛岡に戻ってきてからは花を買うこともめっきり減って、お気に入りの花屋さんがまだ見つけられないままだ。商店街に入っている古い花屋でうすピンク色の芍薬を一輪だけ買った。まだつぼみが固く、花弁がぎゅっとしている。「芍薬を買いました」と写真を撮って彼氏に送った。

「友がみなわれよりえらく見ゆる日よ花を買ひ来て彼氏にLINE」と思って、そうツイートした。それから芍薬を右手に持って、ビジネスバッグを左肩にかけて、颯爽と歩いた。むん、むん、と小さい声で言いながら。別に、働きながら花買えばいいじゃんと思った。花を持ったらけろっとした。ああそうか、わたしはいま、疲れているわたしを自分で祝福したのだと気付いた。遅くなってもいい、後からだって全然いいから、気が付いたらすぐ祝えばいい。祝えなかったとくさくさする時間でおめでとうと五文字打って送ればいい。そうだそうだそれだけのことだった。気合を入れて祝おうとして祝いそびれるくらいなら、通りすがりの投げキッスのように祝おう。また昔のようになんでもかんでも祝おう。祝福の速度を上げろ。日々を祝福するためにわたしは働いている。

わたしはお風呂がだいきらい

「好きなことですか？　うーん、そうですね。お風呂が大好きです。アロマキャンドルを持って行ったり読書をしたりしながらずっと浸かっちゃって、長すぎるってよく怒られちゃうんです」

昼間のテレビ番組に知らないひとと知らないひとが出ていてそういう会話をしていた。げえ！　と思う。お風呂が好きなひとって本当にいるんだなあ。なんなんでしょう。

わたしはお風呂がだいきらい。

お風呂のいやなところは、ぜんぶ脱がないといけないところだ。すーすーする脱衣所で裸になって最後に靴下を右足左足と脱ぐとき、誰にも見られていないのにいたたまれないくらい恥ずかしいきもちになる。わたしは実は洋服の脱ぎかたがよくわからない。みんなが当たり前のようにやっている、腕をクロスして、すぽん！　とシャツを脱ぐやりかたがうまくできないのだ。白状するとすべての衣服をドーナツ形にして脱ぎ着している。さきに腕を抜いてから首を抜くように脱いでいるのだ（キャミソールなどは肩から外してすべて脚から脱いでいる）。だからすぐに服がびろびろに伸びてしまう。ようやく浴室に足を踏み入れて、まだからだが乾いているすっぽんぽんの自分が鏡に映る。その自分と目が合う。何の装備もないたゆんだ自分の姿。クリスマスが終わった十二月二十六日に精肉売り場でまるまる一羽で売られている安売りのはだかの鶏肉のような情けないかんじ。げんなりする。

お風呂のいやなところは、たくさん洗わないといけないところだ。

人間のからだにはいくつものパーツがある。顔、髪、首、肩、腕、胸、おへそ、お腹、恥骨、太もも、ふくらはぎ、足の指。膝、よし。耳の裏、よし。おしり、よし。背中……と思いながら泡を塗っていく作業がとても苦痛だ。そもそもわたしは確認がきらいだ。決まった作業を決まったとおりにやるのがきらいで不得意で、会社で仕事をしていて怒られることがあると「確認しろ」か「おちつけ」ばかり。仕事ができるひとは確認ができるひとだと思う。だからわたしはいつまで経っても仕事ができず、きょうも「２０２２２年」と書かれた書類を回す。それにしても、何度入浴してもからだのパーツは減ったり増えたり変化したりしない。シャンプーを泡立てながら退屈でため息が出る。毎日同じ部位を同じように洗うなんてつまらない。何日かにいっぺん角が生えたり、床に着くほどしっぽが伸びたり、腕がもう一本増えたり、背中から羽が生えたりしてくれないだろうか。ゆっくり伸びる髪、ゆっくり垂れる乳、増えたまま減らないおしりの肉。微々たる変化しかないからだにはもう飽き飽きだ。

お風呂のいやなところは、濡れるところだ。

濡れるということは乾かさなければいけなくてそれが本当に面倒くさい。観念して浴室に入ってからだを洗って湯船に浸かって、ああ、これから乾かさなければと思うと今度は一生上がりたくないと思う。脚が人魚のように鰭《ひれ》になって、それで湯船にずっと浸かっていなければ生活できなくなってしまえばいい、と毎回思う。バスタオルでからだの水滴を拭きとるまでの間の、からだや髪が濡れて冷たいあの短い時間がとても耐えられない。二十七年間お風呂に入っていても、バスタオルでからだを拭くそのやり方がどうもわからない。いつもからだの後ろをうまく拭けずにそのまま着てしまうからキャミソールの背中がびしょびしょになる。

お風呂のいやなところは、なんといっても「おふろー！」と言われるところだ。いままでの人生で母から「おふろー！」と何度言われたことだろうか。そもそもお風呂がきらいなわたしは「おふろー！」と言われるとさらに入りたくなくなる。いま入ろうと思っていたのに、と、そんなに思っていなくても反論したくなってしまう。いま入ろうと思ってました。いまともだちと電話してるからしずかにして。先に入っててください（しかし大抵、「おふろー！」と呼ばれるときにはわたし以外の家族はすべて入り終えている）。きょうは入りたくないので入りません！「おふろー！」は人をいつでも反抗期に引き戻す。「おふろー！」には、その日によっていろんな意味が込められている。（冷めないうちに入ってください）のときもあれば（スマホばっかり見てんじゃないよ）というときもあるし、（寝るな化粧落とせ）のときもあるし（寝転がって家事をしないならせめてさっさと風呂に入れ）のときもある。不思議と「おふろー！」の声色で、ルビが付いたようにその意味がわかる。お風呂が温かいうちに入ってほしい。それは電気代のためであり愛である。わかっている。わかっていても、「おふろー！」と声がするとわたしはあからさまにうんざりした顔になり、威嚇するような声で二階から「わかってる！」と叫び返すが、ドライヤーで髪を乾かしている母には大抵聞こえていない。

お風呂がだいきらい、と声を大にしては言いにくい。大人になったらみんなお風呂のことが好きになるものなのだろうか。小学生の時は「お風呂って面倒だよね」ともだち同士でも話していたような気がする。わたしの通っていた小学校では給食の時間と掃除の時間に校内放送で音楽が流れた。給食の時間は「みんなのうた」のベストアルバム、掃除の時間は魔女の宅急便のサウンドトラックが流れることが多かった。わたしは給食の時間にたまに流れる「おふろのうた」という歌がとても好きだった。男の子がさまざま理由を付けてお風呂に入りたくないと言い張る歌。いま改めて聞き返すと秋元康のいいところとわるいところを存分に感じる歌詞だが、当時はこの曲のなかで何度も繰り返される「だーかーら　おふろーに　はいんない！」というフレーズが流行った。クラスのみんながこの曲を好きだった。次第に「おふろのうた」が流れると「はいんない！」のところだけ男子が面白おかしく叫ぶようになり、しまいにはクラス全員で「はいんない！」と叫んではげらげら笑った。あまりに盛り上がったせいか、そういえばその曲だけ流れなくなってしまったような気がする。結局お風呂に入らずに終わってしまうその歌は、教育的によろしくなかったのだろうか。

思い返せば中学生以降、お風呂がきらいだという話をだれかとしたことはない。お風呂よりシャワーのほうがかっこいい。しかも、朝のシャワーはもっとかっこいい。

という謎の風潮を感じたことはあったが、お風呂がきらいなひとはいけてる、とされたことは一度もないと思う。お風呂がきらいなひとが中学生以降に人気者になることはできなかったのかもしれない。

お風呂がだいきらい。でも、お風呂がきらいなわけじゃない。このふたつが同時に成り立つことをきっとお風呂がきらいなひとならわかってくれると思う。清潔でいることは大切だと思っているし、入浴そのものがきらいなわけではない。明るいうちにすりガラスの窓から差し込んでくる青い光の中で入るお風呂のことは大好きだし、ドライヤーで髪を乾かしているときにシャンプーのにおいがするところも気持ちがいいし、からだが芯から温まった状態で布団に潜り込むのだってたまらなく幸福だ。温泉も大浴場も大好きで、スキップでのれんを潜りたいくらい。すぐにのぼせてしまうけれど、それでも岩のような浴槽のへりに腰かけてからだを真っ赤にしてにこにこしている。わたしは「入らなければいけないお風呂」がだいきらいなだけで「いつでも入れるお風呂」のことは好きなのだと思う。入るまではこんなにごねてしまうのに、いざお風呂に入ったあと「お風呂に入ってしまった……」と後悔したことは一度もない。後悔しないとわかっているのだから叫ばれる前に素直に脱衣所へ向かえばいいのに、どうしてかそれは難しい。きっとわたしはお風呂がきらいなわけじゃない。自由があまりに好きすぎるだけ……。何度もそう思おうとしたけれど、夕飯を食べ終えてお風呂の気配を感じると「わたしはお風呂がだいきらい！」と駄々をこねて部屋の壁にかじりついてでも入浴を拒否したくなる。

実家を出て、長く遠距離で付き合っていた彼氏と同棲をはじめた。五年間ほぼ毎日わたしに「おふろー！」と叫んでいた母は、いまごろドライヤーでパーマのくるくるを乾かしながら、ついうっかり「おふろー！」と叫びそうになったりしているのだろうか。わたしは「おふろー！」と叫ばれる生活からついに離れた。ガッツポーズ。けれどさみしいガッツポーズだ。親元を離れるのは何度でも切ない。大好きな両親と実家で暮らすのと同じくらい、わたしは過去のひとり暮らしを愛していて恋しかった。好きな時間に好きなことが出来て、自分だけの厨のある生活。同棲だって、ひとり暮らしがふたつってことでしょうと思っていた。

はじめて自分で内見して決めた部屋にはちいさな浴室がある。真っ白い壁にはかなへびのようにちいさな白いシャワーが掛けられていて、お豆腐のようにちいさな浴槽がある。傍若無人なわたしを支え続けてきた彼氏は忍耐があり丁寧でこころ優しい。どんなポンコツロボットも愛しむ、ほそながい博士のようなひとだ。彼は夕食を終えるとせっせと浴槽を磨き、せっせとお湯をため、せっせとお皿を洗いながら原稿へ向かうわたしのことをちらちら見て話しかける隙をうかがっている。そんなにわたしのことが好きですか。新婚さんじゃないんだからと話しかけようとした矢先、屈託のない笑顔で「おふろ！」と彼は言う。まるで全人類がお風呂を大好きであるかのような顔で。お風呂が好きな人って本当にいるんだなあ。なんなんでしょう。わたしはお風呂がだいきらい。

おめでとうございますさようなら

四年勤めていた会社を退職した。退職した日、晩春の空は恐ろしいほど美しい青色だった。雲ひとつない！　と思って見渡すと東の空に羽衣のような薄い雲が浮いていて（雲ひとつない、ではないか）と思いつつも、その薄く透けた空をぼうっと眺めた。

わたしはよく働いた。業種は伏せるが営業職で、その会社に女性が営業職として入社するのは十数年ぶりだった。会社でたったひとりの女性営業。わたしの働きぶりが今後この会社に女性を採用するかどうかを左右するかもしれない。そう思うと手を抜くことはできなかった。さらに、作家活動が自分の想定よりも大きくなり、わたしは入社してすぐに「二足の草鞋《わらじ》」の会社員となった。そうなると、作家の仕事も会社の仕事も手を抜くことはできなかった。どちらか一方の調子の悪さをもう一方のせいにされたくなかった。どちらも百点は難しいかもしれないけれど、せめて必死に働いて、書いて、常にどちらも七十五点以上でありたかった。しかし、七十五点でも二つあれば毎日百五十点を取らなければいけないということでもあった。ひとつのからだで毎日百五十点を取るとなると、ないがしろになるのは家事と生活と人生だった。わたしは家族と恋人にぐったりもたれかかるように世話になり続けて四年暮らした。

一年前の夏、わたしは静かにこわれた。いや。仕事もできるし執筆もできていたのだが、いままで常にからだの底から湧き上がっていた（負けてたまるか）（やってやるぞ）（見てろ）というやる気が、すこん、と底をついて戻らなくなったのだ。家族や恋人は「少し疲れたんじゃない、おいしいものを食べてたくさん休めばじきに元通りになるよ」とわたしを励ました。そうかもしれないと言われるがまま自分を甘やかし、泣き言を言いそうになるたびにお寿司を食べたりお肉を食べたりケーキを食べたりしてみたが、結果的に太りながら泣いているだけだった。人がこわれるとき、もっとわかりやすく頭のねじが跳ね飛んだり、全身が真っ青にさび付いたりするものだと思っていた。わたしの体調になんら問題はない。ただ、この生活を維持したままいままでのように気持ちを燃やすためには、もっとからだに無理を利かせなければならないとわかった。とてもシンプルに、わたしはいままでよりずっと疲れやすくなった。

わたしは「仕事」か「執筆」か「健康な人生」のどれかを手放さなければいけなかった。そもそもわたしには両手ふたつしかない。わたしはこれまでずっと居酒屋のバイトが一気にたくさんのジョッキを運ぶように「仕事」と「執筆」と「健康な人生」を胸まで使って抱えて走っていた。多分これからも無理して抱えることはできる。しかし、常に無理して抱えていると、目の前で転んだ人の手を取ることはできないし、そのジョッキで誰かと乾杯することもできない。わたしの手はすっかりジョッキで埋まっていた。どれか手放そう。わたしは覚悟を決めた。

何かを手放す覚悟をするのはとても悔しいことだったけれど「出来なくなる」のではなく「いままでが出来すぎていたのだ」と思うようにした。スーパーマリオは星を捕まえると七色に光りながらいつもより速く走る。いつもなら踏まないと倒せないクリボーは七色のマリオが体当たりするだけで「ぽて」という音とともに吹き飛ぶ。わたしは四年間、もしかしたらそういう状態だったのかもしれない。七色の時間が終わったなら、飛んでくる甲羅に気を付けながらゆっくり歩いて、たまに駆ければよい。

どれかを辞めるとしたら悔しいけれどそれは会社の仕事だった。もともと残業続きで「社畜」だの「無理するな」だのと言われていたが、心の底から余計なお世話だと思っている。わたしは会社の仕事を天職だと思うほどだたのしんでいた。いざとなると

辞める勇気が出ず、専業作家をしているAさんにビデオ通話で人生相談をお願いした。Aさんは映像がつながってすぐに、

「来週死ぬなら玲音さんは働きますか、書きますか」

と言った。わたしは言葉に詰まった。絶対に書く。でも、来週死ぬとしても書きながら働きたいし、そもそもわたしは来週死なない。と思ってしまったのだ。

「書く、と、思います。書くことはやめられないと思います」

わたしは内心悩みながら、噛みしめるようにそう答えた。Aさんは不思議そうな顔をして、

「そしたらもう、答えは出ているじゃないですか」

と言った。そう。答えはAさんと話す前から既に決まっている。でも、そうじゃなかった。でも。そうだ。そういうシンプルなことだ。どっちかならどっち。その岐路にいまわたしはいる。Aさんは通話を切る直前に「でもあんまり悩まなくていいんじゃないですか。作家だって仕事だし。どうせ玲音さんは働くのが大好きな人でしょう」と言ってくれた。はい、わたしは働くのが大好きなんです。鼻の奥がつんとした。

小学生のときに住んでいた祖母の家は、大工の祖父が建てたぼろぼろの平屋だった。両親は共働きで、祖父母は農作業、おとうとは保育園。だれにもかまってもらえないわたしはひとりきりで家にいて、ときどき祖母の化粧用の卓上鏡を拝借した。へそのあたりで鏡を天井に向けて持ち、その鏡を覗き込みながらゆっくり家の中を歩くのが好きだった。視界に映るのは床ではなく天井なので、からだがひっくり返って、天井に足をつけて歩いているような不思議な心地がした。玄関の天井は柿渋色で格子の模様。和室の天井は白い塗料にみみずのような不規則な曲線の模様。台所の天井には大小いくつも照明があるから、電球を踏まないように――もちろん鏡を覗き込んでいるだけで、わたしが歩いているのはいつもどおりの台所の床である――大きく跨いで通る。わたしは鏡を覗き込みながら、恐る恐る家じゅうを歩き回った。この鏡の遊びは全く飽きない。けれど、家を一周すると視界に酔って頭がぐらんぐらんと揺れた。酔ったわたしは押し入れの中の座布団がたくさん積みあがっているところに、からだを埋めるように覆いかぶさった。目が回って頭が重い。座布団の山の上から、わたしの腕と脚はゴムの塊のようにだらんと垂れた。

歪んだ視界と重い頭で、わたしは「いま」のことを考えた。「いま」と思っているいまは既にいまではなくなっているのではないか、と。わたしは思考の中で前へ前へとつるつる逃げ出す「いま」のしっぽを摑みたかった。いま、いまが、いまじゃなくなる。いまだったのに、いまはもういまじゃない。うわごとのようにわたしは「いま、いま」と言った。不毛なことだが、わたしはふと気を抜くと大人になってからも「いま、いまが、いまじゃなくなる、いま、いまがいま、いま」と考えてしまう。ベルトコンベアからとめどなく流れてくる「いま」を手に取った瞬間、もっと新しい「いま」を取りこぼしてしまう。どうしようもない妄想なのに途方に暮れて泣き出したくなる。

「仕事を辞めます」とご挨拶すると取引先やお客様はみな「おめでとうございます」と言ってくれた。普段から執筆のことも応援してくださっていて、わたしの独立を祝してくれる。ほとんどの人がそのあと「そりゃあそうでしょう」「遅いくらいだよ」と付け足してよくやったと笑いながら労ってくれた。たいへんありがたいことだった。それなのにわたしは「おめでとうございます」と言われる数だけ悲しくなった。おめでとうございますはさようならと似ている気がした。わたしの乗った船を、川の流れに向かって強く蹴りだしてもらうようなさみしさがあった。紅茶を貰い、ワインを貰い、日本酒を貰い、花束を貰った。いままでと同じように一緒に仕事をする日々にはもう戻ることが出来ない現実を突きつけられた気がした。おめでとうございますさようなら。おめでとうございますさようなら。「変わらず盛岡にいますしまた会えますよ」と言いながら本当にそうだろうかと思う。名刺がなければもう二度と会えないかもしれない人たちがたくさんいる。とにかく人と会う仕事だった。

最後の出勤日、最後の挨拶を終えると社員の皆さんがエレベーターまで見送ってくれた。頭を下げながらエレベーターの「閉」を押し、扉が閉まるまでたくさん手を振った。「4」「3」「2」……と下がり続ける階数表示を眺めながらさっきまで振っていた手を撫でる。ビルを出て明るい街を歩いた。商店街のガラス戸に、ライトグレーのセットアップのスーツがばっちりきまったわたしが映って立ち止まる。それはすっかり、立派な働く女だった。がむしゃらだったけれど一応様になったもんだと思う。辞めた自分で辞めたのに、あーあ、辞めちゃった、と思う。本当に辞めちゃった。辞めたよ。いつ？　いま。いまっていつ？　いまはいまだよ。いまってもういまじゃないでしょ。だからいま、このいま。会社を辞めて歩く道は、いつもと同じ道なはずなのに天井を歩くようにそわそわした。わたしは川沿いの喫茶店へ向かった。仕事を辞めたらそのままその足で川沿いの喫茶店へ行き、銀泥《ぎんどろ》の木の下のベンチで大きなジョッキのビールを飲むと決めていた。十五時を過ぎた空の強い日差しはあたたかく、空は引き続きぎょっとするほど青い。うそみたいな青空。うそみたいな退職。うそみたいな人生。いま、いまが、いまじゃなくなるなら、いまのわたしが、いまのわたしで、いまを書く。いまはこれから。働く女が喫茶店までの道を風を切って歩いた。

あとがき

ベランダでシャツを干していたら、空の高い、高いところにゴマ粒のような黒い点が見えて、目を凝らすとそれはとんびだった。鳥ってあんなに高いところまで飛べるんだ。とんびはくるくる回りながら飛んでいる。それがうれしくて回っているのか、困っているから回っているのか、遠くてわたしにはわからない。

二〇二二年七月

くどうれいん

文庫版あとがき

忙しかったのかもしれないなあ、と、改めて文庫化のために一通り『虎のたましい人魚の涙』を読み返して思う。原稿用紙十枚のエッセイ。毎月「群像」の締め切りのために、会社員としての生活で既に踏み続けているアクセルをさらにぐっと限界まで深く踏み込むように書いていた。押し流される日々に毎月必ず一度エッセイを書くことで、ようやくそのひと月の自分を杭として立てられているような気がした。書いて読み返してみると、穏やかだと思っていてもしんどそうだったり、もう無理だと思っていてもあっけらかんとしていたりする。そんなふうに、書いてみると自分から湧き上がってくる文章はいつも自認からすこしずれていて、けれどそれこそがつるんとそのままのわたしだと思った。

会社員をしながら書いていた。忙しかった。忙しいとき、わたしは単行本をほとんど手に取ることができなかった。だからと言って文庫本ならば持ち歩けていたか、と言われると、その自信もないけれど。『虎のたましい人魚の涙』をいちばん読んでほしいのは、コンビニへ行ってまず栄養ドリンクのコーナーを見てしまうようなつかれた人かもしれなくて、そういうつかれた人は、本屋の開いている時間に帰宅できていないかもしれなくて。それでもわたしは、労働するすべての人に対して「みんなえらい！　わたしもえらい！」と肩を叩いて歩き回りたいと思いながら祈るようにこれを書いていた。

花屋の開いている時間に、八百屋の開いている時間に、本屋の開いている時間に、たまたま帰ることのできたあなたが文庫本になったこの本と出会い、仕事用の鞄にすっと入れたまま、読めたり読めなかったりしたらいいな、と思う。

くどうれいん

二〇二四年二月

本書は二〇二二年九月、小社より単行本として刊行されました。

|著者| くどうれいん　作家。1994年生まれ。著書に、『わたしを空腹にしないほうがいい』(BOOKNERD)『うたうおばけ』(講談社文庫)『水中で口笛』(左右社)『氷柱の声』(第165回芥川賞候補作、講談社)『プンスカジャム』(福音館書店)『あんまりすてきだったから』(第72回小学館児童出版文化賞候補作、ほるぷ出版)『桃を煮るひと』(ミシマ社)『コーヒーにミルクを入れるような愛』(講談社) など。現在、文芸誌「群像」(講談社) にてエッセイ「日日是目分量」ほか連載多数。

虎《とら》のたましい人魚《にんぎょ》の涙《なみだ》

くどうれいん

2024年4月12日第1刷発行

発行者——森田浩章
発行所——株式会社　講談社
東京都文京区音羽2-12-21　〒112-8001
電話　出版 (03) 5395-3510
　　　販売 (03) 5395-5817
　　　業務 (03) 5395-3615

Printed in Japan

講談社文庫

定価はカバーに
表示してあります

KODANSHA

デザイン—菊地信義
本文データ制作—講談社デジタル製作
印刷———株式会社KPSプロダクツ
製本———株式会社国宝社

ISBN978-4-06-535422-3

講談社文庫刊行の辞

二十一世紀の到来を目睫に望みながら、われわれはいま、人類史上かつて例を見ない巨大な転換期をむかえようとしている。

世界も、日本も、激動の予兆に対する期待とおののきを内に蔵して、未知の時代に歩み入ろうとしている。このときにあたり、創業の人野間清治の「ナショナル・エデュケイター」への志を現代に甦らせようと意図して、われわれはここに古今の文芸作品はいうまでもなく、ひろく人文・社会・自然の諸科学から東西の名著を網羅する、新しい綜合文庫の発刊を決意した。

激動の転換期はまた断絶の時代である。われわれは戦後二十五年間の出版文化のありかたへの深い反省をこめて、この断絶の時代にあえて人間的な持続を求めようとする。いたずらに浮薄な商業主義のあだ花を追い求めることなく、長期にわたって良書に生命をあたえようとつとめるところにしか、今後の出版文化の真の繁栄はあり得ないと信じるからである。

同時にわれわれはこの綜合文庫の刊行を通じて、人文・社会・自然の諸科学が、結局人間の学にほかならないことを立証しようと願っている。かつて知識とは、「汝自身を知る」ことにつきていた。現代社会の瑣末な情報の氾濫のなかから、力強い知識の源泉を掘り起し、技術文明のただなかに、生きた人間の姿を復活させること。それこそわれわれの切なる希求である。

われわれは権威に盲従せず、俗流に媚びることなく、渾然一体となって日本の「草の根」をかたちづくる若く新しい世代の人々に、心をこめてこの新しい綜合文庫をおくり届けたい。それは知識の泉であるとともに感受性のふるさとであり、もっとも有機的に組織され、社会に開かれた万人のための大学をめざしている。大方の支援と協力を衷心より切望してやまない。

一九七一年七月

野間省一

講談社文庫　最新刊

有川ひろ　みとりねこ
限りある時のなかで出逢い、共にある猫と人の7つの物語。『旅猫リポート』外伝も収録！

今村翔吾　じんかん
悪人か。英雄か。戦国武将・松永久秀《まつながひさひで》の真の姿を描く、歴史巨編！〈山田風太郎賞受賞作〉

大沢在昌　悪魔には悪魔を
捜査中の麻薬取締官《マトリ》の兄が行方不明に。米国《アメリカ》帰りの弟が密売組織に潜入。裏切り者を探す。

くどうれいん　虎のたましい人魚の涙
『うたうおばけ』『桃を煮るひと』の著者が綴《つづ》る、書くこと。働くこと。名エッセイ集！

西尾維新　掟上今日子の裏表紙
名探偵・掟上今日子《おきてがみきょうこ》が逮捕!?　潔白を証明すべく、厄介《やくすけ》が奔走する。大人気シリーズ第9巻！

遠田潤子　人でなしの櫻
父が壊した女。それでも俺は、あの女が描きたい——。芸術と愛、その極限に迫る衝撃作。

門井慶喜　ロミオとジュリエットと三人の魔女
主人公はシェイクスピア！　名作戯曲の登場人物が総出演して繰り広げる一大喜劇、開幕。